Günter Busse
Geschichten die der Großvater erzählte,
bevor er sich eine Kugel in den Kopf schoss

Günter Busse

Geschichten die der Großvater erzählte, bevor er sich eine Kugel in den Kopf schoss

1.Teil

Kindheit – Arbeit – Abenteuer

Günter Busse wurde 1952 in Schleswig-Holstein geboren, als zweites von vier Kindern einer Arbeiterfamilie. Nach einer Lehre in einem Metallberuf und dem Erwerb einer höheren Allgemeinbildung auf dem Zweiten Bildungsweg erlebte er viele chaotische Jahre in verschiedenen Berufen, mit Phasen von Arbeitslosigkeit und Auslandsaufenthalten. Seit 1981 arbeitete er auf einer Hamburger Werft, bis er 2013 in den Vorruhestand gehen konnte. Schriftliche Arbeiten begleiten ihn privat schon viele Jahre.

Für Euch

Geschichten aus meinem Leben

Alle Grafikbearbeitung: Glória Leite

Herstellung und Verlag: BoD - Books on Demand, Norderstedt

Printed in Germany

ISBN 9783751923330

Inhaltsverzeichnis

Vorwort

Ich habe dies alles nicht aufgeschrieben, um literarische Meriten zu erwerben. Um intellektuelles Lob von Literatur-Experten zu bekommen. Die Schöngeister, die Konstrukteure der schönen Sätze und Worte, der ausgedachten Geschichten, interessieren mich nicht. Lassen wir sie über meine Geschichten ruhig lächeln.

Ich habe dies alles für Menschen geschrieben, die in Fabriken arbeiten, an Pressen, an Drehmaschinen, Schweißgeräten, Rohrbiegemaschinen und Montagebändern. Oder in Druckereien. Und für Kassiererinnen, Putzfrauen, Bäckereiverkäuferinnen und Speditionsfahrer. Und warum für sie? Nur zur Unterhaltung, nur dazu. Nicht mehr und nicht weniger. Nur ein bisschen Unterhaltung für euch, meine Lieben. Nichts Besonderes. So wie das, was die meisten Menschen jeden Tag erleben. Irgendeiner muss ja einmal damit anfangen, etwas von seinem „nicht besonderen Leben" aufzuschreiben.

Und ich bitte gleich mal am Anfang um Entschuldigung. Ihr wisst am Ende schon, warum. Oder auch nicht. Jedenfalls ist bei einigen Geschichten die Phantasie mit mir durchgegangen, aus selbst mir nicht verständlichen Gründen habe ich beim Erfinden Spaß gehabt und die Ergebnisse hier übernommen, anderes ist oder war meine erlebte Realität. Aber wie ist mit Dichtung und Wahrheit? Auch die Dichtung drückt ein Lebensgefühl oder eine Emotion aus.

Außerdem sind natürlich Ähnlichkeiten mit realen Personen rein zufällig, wie könnte es anders sein?

Über Reaktionen und Nachrichten von Lesern würde ich mich sehr freuen, und noch mehr, wenn andere Menschen ebenfalls Geschichten aus ihrem Leben aufschreiben oder aufschreiben wollen und mir darüber etwas mitteilen.

Noch etwas zum Titel meines kleinen Buches:

Dies ist ja erst Teil 1, da kommt noch mindestens ein Teil 2, also etwas Geduld bitte, noch lebe ich!

Der Mann am Feuer

Das Feuer wärmt die müden Beine. Nach der langen Wanderung des Tages ist er froh, jetzt in der Abendsonne am Feuer zu sitzen. Entspannt nimmt er langsam das vom Feuer erwärmte Getränk im Tongefäß und den morgens eingepackten Proviant zu sich.

Den ganzen Tag war er unterwegs. Er blickt zum Himmel und weiß, dass es nachts und am nächsten Tag gutes Wetter geben wird. Denn Morgen wird er noch einmal den ganzen Tag unterwegs sein. Er denkt bereits an den nächsten Abend, wenn er bei der befreundeten Familie ankommen wird. Und an die fast erwachsene Tochter.

Er weiß, dass sie ihr Versprechen einlösen wird, genauso wie er sein Versprechen hält. Seine Eltern haben ihm bereits ihren Segen gegeben. Die Götter unterstützen ihn ebenfalls. Er braucht sie nicht zu bitten, sie helfen ihm immer. Denn sie sind seine Freunde, sein Volk und seine Götter gehören zusammen. Trotzdem wird er ihnen mit einem Opfer danken.

Er dachte an seinen Großvater, der schon tot war. An die Erzählungen des Großvaters abends am Feuer und die Weisheit des Großvaters über den Ackerbau, den Zeitpunkt der Aussaat, die Vorbereitung der Erde, die Auswahl und Lagerung des Saatgutes.

Sein Großvater hatte sich bemüht, all sein Wissen und seine Erfahrungen an seinen Vater weiterzugeben. Er selbst hatte als Kind gern zugehört und schon vieles aufgenommen.

Jedes Jahr gedachten sie an einem bestimmten Tag der Ahnen. Sie dankten ihnen für ihre Arbeit und dafür, dass sie für ihre Nachkommen gesorgt hatten.

Sein Vater hatte ihn sehr früh, als kleinen Jungen schon, zu allen seinen Arbeiten mit herangezogen und versucht, ihm alles beizubringen, was er selbst wusste. Jetzt besaß er noch nicht die Weisheit des Vaters, im Laufe der nächsten Jahre würde er sie aber schon bekommen. Er wusste, dass er es mit seinen Nachkommen genauso machen würde. Er stellte sich vor, dass er selbst einmal Großvater sein würde und abends am Feuer seine Geschichten erzählen würde. Und er stellte sich vor, dass er tot sein würde und seine Nachkommen einmal im Jahr an ihn denken würden. An ihn, an seine Vorfahren, an alle Ahnen, die vor ihnen gelebt hatten. Er freute sich bei dieser Vorstellung.

Ein leichter Wind ließ die Blätter der Bäume, unter denen er sein Lager gesucht hatte, leise rascheln. Er hörte das gern. Genauso wie den Raben, der in einiger Entfernung krächzte. Wie viele Menschen haben das Krächzen eines Raben schon gehört? Und wie viele würden es noch hören? Er machte es sich mit seiner Decke bequem und schlief beruhigt am Feuer ein.

Am Abend des nächsten Tages sieht er ihr Lächeln. Ihre Eltern nehmen ihn freundlich auf, sie ahnten, dass er kommen würde. Auch sie geben beiden ihren Segen. Er muss noch viel erzählen, als alle am Feuer sitzen, spät legen sie sich zur Nachtruhe. Am nächsten Morgen verabschieden sie sich früh.

Zusammen wandern sie den Weg, den er gekommen ist, zurück. Jetzt zu zweit brauchen sie noch länger. Ihre Eltern werden im Herbst, nach der Ernte, zu ihnen kommen. Es wird ein Tier geschlachtet werden, und sie werden den neuen Bund mit einem Fest ehren.

Es wird für die beiden eine gute Zeit, sie bauen mit der Unterstützung der Sippe ein Haus, sie pflanzen Getreide und haben eigenes Vieh. Sie bekommen Kinder. Und ihre Kinder haben ebenfalls Kinder, und diese wiederum ebenfalls.

So wächst eine Generation nach der anderen heran.

Immer wieder und wieder. Viel ändert sich. Das Land reicht irgendwann nicht mehr für alle, einige ziehen weiter, suchen neues Land, auf dem sie leben können und gründen neue Dörfer. Menschen aus anderen Gegenden kommen und bleiben. Kämpfe mit Feinden müssen ausgetragen werden. Schwere Krankheiten kommen und fordern viele Opfer. Die alte Religion wird von neuen Herrschern grausam unterdrückt, eine neue muss angenommen werden. Kriege werden geführt. Häuser werden neu gebaut, Orte werden immer größer. Die Namen der Menschen werden andere. Und die Menschen werden anders.

Aber die Nachkommen des Mannes am Feuer haben immer wieder neue Nachkommen. Sie überleben und geben das Leben immer weiter, über viele Generationen. Bis heute. Und dann wirst du eines Tages geboren.

Schwere Schläge?

Und das gleich am Anfang. Vor vielen Jahren wurden Kinder von Eltern und anderen Erziehungsberechtigten anders erzogen als heute, mit anderen Methoden. Kinder wurden geprügelt, wurden geschlagen.

Das war die alte deutsche Erziehungsmethode bis in die fünfziger und sechziger Jahre des zwanzigsten Jahrhunderts, und ich durfte diese Methode als kleiner Junge noch kennenlernen, da ich im Jahr 1952 geboren wurde.

Nicht in der Theorie, sondern in der Praxis. Bis zum Alter von sieben oder acht Jahren schlug mich mein Vater, immer mit einer kleinen Holzlatte, vielleicht ein Lineal, auf den Po.

Es tat entsetzlich weh, denn er schlug mit viel Kraft zu, ich schrie dabei vor Schmerz und Panik; in Panik auch schon vorher, wenn er in seiner Wut zum Schrank stürmte, auf dem die Latte lag.

Wir wohnten damals in einer kleinen Wohnung mit zwei Zimmern, Wohnküche und Schlafzimmer. Mein Vater schlug mich und meinen etwas älteren Bruder immer dann, wenn wir zu laut und zu albern waren oder uns stritten; wenn wir ihn durch unsere kindlichen Lebensäußerungen störten.

Die Schläge hörten erst auf, als wir in unser Einfamilienhaus zogen. Dort hatten wir Kinder draußen, außerhalb des Hauses, viel Bewegungsfreiheit, so dass die unerwünschten Störungen durch Kindergeschrei und Kindertoben im Haus entfielen, und damit auch die Anlässe zum Prügeln. Geh spielen, hieß es. Raus aus dem Haus. Zum Essen durften wir wiederkommen.

Wobei wir beim Essen nicht sprechen durften. „Seid still! beim Essen redet man nicht."

Und wir eingeschüchterten Kinder hielten uns daran. Ob das in anderen Familien auch so war? Damals sicher bei den meisten. Man kann sich vorstellen, dass ich bei diesem Familienklima nicht gerade zu einem guten Unterhalter wurde. Als ich einmal zufällig bei der Familie eines Schulfreundes zum Abendbrot eingeladen war, kriegte ich kein Wort heraus. Dass man sich ganz locker und freundlich beim Essen unterhält, war für mich etwas Unbekanntes.

Bis heute, als alter Mann, habe ich dieses Prügeln nicht vergessen. Die Familie, in der ein Kind doch eigentlich Schutz genießen sollte, war damals leider für mich kein Ort der Entspannung. Wie man als erwachsener Mann einen kleinen Jungen im Alter von vier, fünf, sechs, sieben, mit kraftvoll voller Wut bei geringsten Anlässen so schlagen kann, dass der Hintern danach knallrot ist und kochendheiß brennt, ist aus heutiger Sicht wohl schwer zu verstehen, was damals aber nicht ungewöhnlich. Wahrscheinlich fing es noch früher an. Mit drei?

Ich war einfach zu klein. Ich geriet dabei in eine mich überflutende Panik, schrie vor Angst und Schmerz. Und jeder Widerstand war zwecklos, es gab keinen Ausweg. So resignierte ich schon als kleines Kind, ergab mich in mein Schicksal. Ein verängstigtes Kind. Ja, voll mit Angst.

Und weit später, als längst Erwachsener, dachte ich: Und ich wusste nicht, dass ich Angst hatte.

Selbst heute noch kommen diese Erinnerungen ab und zu wieder hoch. Sicher, es war schwer für ein junges Ehepaar in der Nachkriegszeit, aber sie hätten uns auch einfach aus der Wohnung herausschicken können, oder die Situation anders lösen können. Denn es wurde damals zwar in vielen Familien geschlagen, in den meisten sogar, aber nicht in allen. Es ging auch damals schon ohne Schläge. Vielleicht.

Heute würde man wahrscheinlich Kindesmisshandlung zu diesem „Erziehungs"-Verhalten sagen. Und man würde heute sagen, dass Menschen wie mein Vater von Krieg und Gefangenschaft traumatisiert waren. Das war er auch durch Krieg, Gefangenschaft und Vertreibung aus der Heimat. Insofern spielten auch noch die Folgen der Nazi-Zeit in meine Kindheit herein. Vielleicht gibt es auch noch andere Quellen für die Gewalt in deutschen Familien. Mein Vertrauen zu meinem Vater, meine emotionale Bindung an ihn, wurde damals jedenfalls so gestört, dass sie sich nie wieder normalisierte.

Ich bin ihm schon als Kind immer aus dem Weg gegangen, wollte nichts mit ihm zu tun haben. Auch später nicht als Jugendlicher und junger Mann. Ich kann mich nicht erinnern, mit meinem Vater jemals ein normales Gespräch geführt zu haben. Er ist mir immer fremd geblieben, wobei ich ihn heute besser verstehe. Zwischen uns gab es immer nur Angst, Hass und Ablehnung. Und nicht nur zwischen uns entstand eine Mauer. Ich kapselte mich schon als Kind von allem ab, blieb in meiner eigenen kindlichen Phantasiewelt. Ich entwickelte ein Gefühl der Fremdheit, des Nicht-dazu-Gehörens in meiner eigenen Familie. Ich resignierte, denn es gab für mich als Kind keine Möglichkeit des Widerstandes. Andere Kinder konnten die Prügel der Kindheit vielleicht besser verarbeiten oder sich irgendwann wehren. Ich konnte das nicht.

Meine Mutter konnte meine Schale auch nicht durchbrechen, ich misstraute ihr genauso, denn sie versuchte in keinem Fall, uns vor den Schlägen zu schützen, im Gegenteil. „Benehmt euch vernünftig, dann passiert euch auch nichts", war ihr Kommentar. Und Trost gab es auch nicht von ihr.

Bereits als Kind kommunizierte ich mit der Außenwelt nur das Nötigste, beschäftigte mich lieber allein, das war das Ergebnis meiner „Erziehung". Dazu fällt mir etwas ein: Während einer der ersten Schulklassen fand ein sogenannter Wandertag statt, d.h., dass wir unter Führung unseres Lehrers den ganzen Tag durch die Landschaft spazierten. In meiner Erinnerung war dies sehr anstrengend. Die Klasse teilte sich während der Wanderung, als wir eine lange gerade Straße entlang tippelten, in zwei Gruppen auf, eine war etwas langsamer als die andere und blieb immer weiter zurück. In der Mitte zwischen diesen beiden Gruppen ging ein kleiner Junge mutterseelenallein.

Schlimm war zusätzlich, dass ich keine anderen männlichen Verwandten hatte, keine Großväter oder Onkel oder sonst wen in meiner Nähe, zu denen ich als Junge ein Vertrauensverhältnis hätte aufbauen können oder von denen ich mir etwas hätte abgucken können. Niemand, der mir mal etwas zeigte. Wie man einen Nagel in die Wand schlägt oder ein Fahrrad repariert. Alles musste ich mir mühsam selbst beibringen. Und ich fragte auch nie jemand. Wen auch.

Noch heute, wenn ich irgendwie mitbekomme, dass Väter mit ihren Söhnen sprechen, kommt die Erinnerung manchmal wieder hoch. Muss schön sein, wenn der eigene Vater einem auf die Schulter klopft und sagt: „Mensch, das hast du aber gut gemacht, mein Sohn." Ja, für mich nur ein schöner Traum.

Schlaue Leute würden vielleicht sagen: Aber solche Kindheitserfahrungen verwachsen sich doch und die Zeit heilt alle Wunden. Das ist bei vielen Menschen meiner Generation vielleicht der Fall, leider nicht bei mir. Als junger Erwachsener geriet ich in eine tiefgehende Lebenskrise, und da schwappte alles wieder nach oben. Und vor allen Dingen: Meine Verbindung zur männlichen Energie meiner Vorfahren war gekappt - durch das gegebene Verhältnis zu meinem Vater. Das verursachte immer wieder Schwierigkeiten in meinem Leben.

Soweit etwas zu den Startbedingungen

Meine Eltern waren Kinder ihrer Zeit, sie taten das ihnen Mögliche und mehr, unterstützten mich später sehr, einen Vorwurf von mir haben sie nicht verdient, aber so war es dann eben für mich als Kind.

Mit ihrer Arbeit schafften meine Eltern uns ein Zuhause und ermöglichten mir einen langen Schulbesuch. Das ich aufgrund meiner emotionalen Schwierigkeiten (Stichwort „Wenn der Verstand weiter ist als die Emotion") zunächst aus der guten Schulbildung nichts machen konnte, war nicht ihre Schuld. Sie taten was sie konnten und das war sehr viel.

Ein kleiner Junge vom Dorf

Spielen …

Jeden Tag nach der Schule. Im Wald. An Bächen. Auf dem Bolz-platz. Im Freibad. In der Feldmark. Schlittschuhlaufen und Schlitten-fahren im Winter.

Auf Bauerhöfen herumstöbern. Heu, Stroh und Schweineschrot. Nach Rotaugen und Barschen im kleinen Fluss angeln.

Jeden Tag draußen unterwegs, im Dorf und der näheren Umgebung. Als kleines Kind und als Jugendlicher.

Am schönsten war es im Frühling im Wald. Wenn die Buchen ihr neues, frisches Grün hatten. Dieses Grün war so dicht, dass man an den Schluchten im Wald nicht von einer Kante zur anderen sehen konnte. Genau das richtige für kindliche Abenteuerspiele.

Der Buchenwald hatte und hat im Frühling etwas Magisches. Man fühlt sich in ihm den alten Göttern nahe. Manchmal zeigen sie sich auch.

Noch heute halte ich mich gern im Wald auf.

Diese Verbindung mit der Natur, der ständige Aufenthalt „draußen" in Kindheit und Jugend hat mich geprägt, im Nachhinein hatte es etwas Paradiesisches. Dafür jedenfalls bin ich meinen Eltern dankbar. Denn sie haben uns diese Kindheit auf dem Dorf mit ihrer Arbeit ermöglicht.

Auf der anderen Seite bekamen wir natürlich auch so manches nicht mit von dem, was Stadtkinder erleben.

Wir kannten keinen Sportverein, keine Musikinstrumente, keine Eis-diele, kein Kino, keine Tanzlokale. Die städtischen Gegebenheiten lernte ich erst später kennen, als ich ein älterer Jugendlicher, fast schon erwachsen, war.

Jedenfalls waren wir fest integriert in das dörfliche Kinderleben. Wir kannten nichts anderes, und wir fühlten uns gut dabei.

Leider änderte sich diese dörfliche Geborgenheit für mich abrupt im Alter von fünfzehn Jahren im Jahre 1967. Die Schule war auf einmal beendet, und ich fand mich sehr schnell in einem blauen Arbeitsan-zug an einem Schraubstock wieder. In der Ausbildungswerkstatt ei-nes Industriebetriebes in der Kreisstadt Bad Oldesloe.

Jeden Tag acht Stunden Arbeit, mit dem Zeitaufwand für den Ar-beitsweg wurde daraus ein langer Tag.

Könnt ihr euch vorstellen, wie sich ein fünfzehnjähriger Junge fühlt, der bisher nur das freie Dorfleben genossen hat, wenn er auf einmal acht Stunden am Tag in einer Fabrik an einem Schraubstock steht und kleine metallische Übungswerkstücke anfertigen muss?

Könnt ihr euch vorstellen, was in der Seele dieses Dorfjungen passiert, der bisher seine freien Stunden im Wald und in der Feldmark verbracht hat?

Wie vielen Dorfjungen ist es so gegangen? Den Söhnen von Arbeitern und Kleinbauern. Ein abruptes Ende der Kindheit. Mein Vater wollte, dass ich zum Finanzamt gehe, Beamter werde. Er wird seine Gründe für diesen Wunsch gehabt haben. Ich hörte nicht auf seinen Rat.

Mit fünfzehn Jahren jeden Tag acht Stunden arbeiten. Sehr früh aufstehen. Mit dem Fahrrad zum Bahnhof fahren, mit dem Zug in die Stadt, zu Fuß vom Bahnhof in die Fabrik. Es war eine Vergewaltigung. Und ich war einer der jüngsten in meinem Lehrjahr, und wie schon in der Schule der Kleinste.

Abends war ich oft so müde, dass ich nach dem Essen, das ich nach meiner Heimkehr bekam, sofort einschlief.

Der Spaß in meinem Leben war mit Beginn der Lehre erstmal vorbei. Meine Freunde aus dem Dorf, denen es ähnlich ging, sah ich nur noch am Wochenende. Und wir gingen auch nicht mehr in die Natur, spielten nicht mehr. Wenn wir uns trafen, hingen wir herum, rauchten und tranken Alkohol.

In meiner Vorstellung heute muss es herrlich sein, in einem akademischen Elternhaus aufzuwachsen, mit finanziell gut gestellten, an der Entwicklung ihrer Kinder teilhabenden und interessierten Eltern. Zum Gymnasium zu gehen, in einer fremden Stadt zu studieren und später eine gute Stellung im Staatsdienst zu übernehmen – ein Traum, den vielleicht viele träumen, die in ihrer Jugend in Fabriken gesteckt wurden. Vielleicht auch nicht. Vielleicht überstieg dieser Traum unsere Phantasie. Ich kam ja auch erst später darauf.

Jedenfalls stand ich noch am Schraubstock und feilte, als die gleichaltrigen Gymnasiasten schon im Freibad lagen.

In den ersten Jahren bekam ich achtzehn Werktage Urlaub im Jahr. „Werktage" bedeutete, dass der Sonnabend mitgezählt wurde. Also genau drei Wochen Urlaub im ganzen Jahr im Alter von fünfzehn und sechzehn Jahren. Da sind allein schon die sechs Wochen Sommerferien der gleichaltrigen Gymnasiasten etwas völlig anderes. Ihr könnt euch sicher vorstellen, dass wir unter solchen Umständen etwas neidisch wurden.

Und wie überlebt der fünfzehnjährige Dorfjunge den Fabrikalltag? In dem er sich verschließt, niemandem erzählt, wie er sich fühlt. Also so wie vorher schon in der Familie, jetzt auch noch außerhalb. Mit seinen Freunden am Wochenende Alkohol trinken, und dazu noch lernen, sich mit dem Konsum von Cannabis ein Wohlgefühl zu verschaffen.

Während meiner Lehre gab es einen Zeitraum von einem Jahr, in dem ich jeden Tag Cannabis konsumierte. Und ich las sehr viel und wurde auch politisch immer interessierter. Was mir nicht unbedingt weiterhalf, mich aber ablenkte. Es war die Zeit des Vietnam-Krieges, und auch darüber wurde schon mal unter Lehrlingen gesprochen. Wir bekamen ja auch aus der Ferne etwas von den Demonstrationen der Studenten mit.

Für kurze Zeit schloss ich mich sogar einer linken Jugendgruppe an, in der ich der einzige Lehrling war.

So überlebte ich, und natürlich änderte ich mich. Die Kindheit war vorbei, unter wirklich harten Umständen.

Eine Freundin zu haben wäre gut gewesen, aber leider war mir dies nicht vergönnt. Es wäre schön gewesen, in den Jahren der Lehre Liebe zu bekommen. Schade. Meine erste Freundin hatte ich erst mit neunzehn Jahren. So hungerte ich vor mich hin, allein gelassen mit meinen pubertären sexuellen Phantasien.

Aber es half nichts, der Prozess der Anpassung lief und letztendlich passte ich mich an. Jedenfalls soweit es notwendig war, um ohne größeren Ärger zu überleben.

Im Laufe der Jahre verstand ich mich mit meinen Lehrkollegen auch besser. Sie waren ja in der gleichen Situation wie ich.

So wurden wir zu fleißigen angepassten Arbeitern erzogen. Endgültig erzogen, wir erhielten sozusagen noch den letzten Schliff für ein lohnabhängiges Leben, für ein problemloses Funktionieren. Denn den ersten Schliff hatten uns unsere Eltern schon mitgegeben.

Bereit für treue Dienste an der deutschen Volkswirtschaft. So ähnlich steht es tatsächlich in einer Urkunde, die ich später zur 25-jährigen Firmenzugehörigkeit bekam. Angepasst soweit, dass wir uns ein anderes Leben real nicht mehr vorstellen konnten. Unsere Vorstellungen über Verbesserungen unserer Situation bezogen sich nur darauf, durch berufliche Weiterbildungen einen Büro-Job zu ergattern.

Das erreichte ich sehr viel später sogar noch.

Und dann hatte die Lehrzeit nach dreieinhalb Jahren ein Ende. Ich war Maschinenschlosser geworden. Ein Facharbeiter. Die Ausbildung war recht gut, später profitierte ich noch so manches Mal davon.

Später, denn direkt nach dem Abschluss der Lehre konnte ich nicht viel damit anfangen.

Ich wollte noch etwas anderes, als in meinem Beruf zu arbeiten. Ich wollte noch einmal zu einer allgemeinbildenden Schule gehen. Und das tat ich dann.

Das Technische Gymnasium

Schönes laues Schülerleben nach der Lehre …

Ich war also nach Beendigung meiner Lehre selbst noch einmal Gymnasiast geworden. Also einer von denen, die ich früher so beneidet hatte.

Dafür bin ich meinen Eltern wirklich sehr dankbar. Denn ich lebte weiter auf ihre Kosten, da ich kein Geld verdiente. Ich bekam meine Unterkunft und mein Essen von ihnen, aber nur das, kein Geld und keine Kleidung und auch sonst nichts, was aber so in Ordnung war.

Alle Ausgaben musste ich von meinem äußerst bescheidenen Schüler-Bafög leisten, was nicht immer einfach war. In den Sommerferien arbeitete ich ab und zu, um etwas Geld zu verdienen. Für Alkohol und Cannabis hatte ich erstmal kein Geld mehr. Was nicht unbedingt schlecht war, denn mit meinem als Lehrling gewohnten Rauschmittel-Konsum hätte ich es vielleicht nicht gepackt. Für die Bewältigung der Anforderungen hätte es ja vielleicht noch gereicht, aber nicht zur Aufrechterhaltung meiner Motivation.

Was sich später bestätigt hat.

Mit dem Unterricht hatte ich keine Probleme, ich verstand das Notwendige und machte das Notwendige. Der Schulbesuch hatte den riesengroßen Vorteil, dass ich im Vergleich zu Lehrlingstätigkeit wesentlich mehr Zeit für mich hatte. Ich konnte morgens länger schlafen, war schon am frühen Nachmittag zu Hause, und ich konnte die normalen Schulferien genießen. Das war schon gut, dieses Schülerleben. In meiner Freizeit las ich sehr viel. Alles Mögliche, und relativ ungeordnet. Von Thomas Mann bis B. Traven (den ich besonders mochte), von der sogenannten Arbeiterliteratur aus der Zeit vor 1933 bis zu politischen Sachbüchern. Willi Bredel, DDR-Autoren, Bücher über die Zeit des Nationalsozialismus und Bücher über Literatur und Malerei. Von Thomas Mann übrigens den Zauberberg, recht mühsam und mich auch nie begeisternd, nur mein Ehrgeiz brachte mich dazu, dieses Buch bis zum Ende zu lesen. Über die Zeit des Nationalsozialismus erfuhr ich erst jetzt durch meinen Lesestoff eine Menge, in meiner früheren Schulzeit war die jüngere Geschichte nie ein Thema.

Viel durcheinander zu lesen, ohne Konzept und grobe Richtung, war für mich auch nicht gerade zielführend, um es einmal in der Managementsprache von heute auszudrücken.

Und man muss es ja auch irgendwie verarbeiten, das neue Wissen, durchkauen und wieder in eigenen Worten ausspucken. Da lag bei mir der Hase im Pfeffer.

Und an eine Freundin kam ich mittels Bücherlesen auch nicht heran. Es machte allerdings schon Eindruck bei dieser und jener, sagen zu können: „Ich gehe zum Technischen Gymnasium". Jedenfalls besser als: „Ich arbeite als Maschinenschlosser." Und ich sah natürlich jetzt auch besser aus, nämlich frisch und erholt.

Und so kam es, dass ich am Bahnhof zufällig eine Jugendfreundin traf, wir uns näherkamen, und, ihr ahnt es schon: Es kam zum ersten Mal! Mit neunzehn Jahren wurde es ja auch Zeit.

Es dauerte leider nicht lange, dann war die Beziehung wieder vorbei. Wir hatten zu wenig gemeinsame Interessen, denn ich hatte ein primäres Interesse: Liebe machen. Und ich hatte kein Geld und damit kein Auto. Ein Auto war auf dem Dorf sehr wichtig, wenn man jung war und am Wochenende etwas erleben wollte. Ihr nächster Freund hatte dann eins. Diesen Eingeborenen hat sie dann später sogar geheiratet, die Arme. Sie leben immer noch im gleichen Dorf.

So führte ich mein Leben ohne Liebe wieder weiter, besuchte brav die Schule und verkroch mich in Büchern.

Einige Zeit später hatte ich eine kleine Krise, die auch mit meinem frauenlosen Leben zusammenhing.

Ich ging zwei Wochen lang nicht zur Schule, weil mir die Motivation abhandengekommen war. Das Technische Gymnasium war mir auf einmal egal. Wie das kam?

Na, erstens fehlte mir einfach eine Freundin in meinem Leben, und zweitens verbrachte ich wochenlang jeden Abend in einer Kneipe in Lübeck. Eine Künstlerkneipe in der Lübecker Altstadt. Das war natürlich etwas für mich. Eine Kneipe mit vielen Bildern an den Wänden, guter Musik, immer voll mit netten Leuten.

Und es war schönes, warmes Sommerwetter, in lauen Sommernächten schmeckt das Bier ja besonders gut. Es war eine Kneipe, in die man allein gehen konnte, und in der man immer mit irgendwelchen Leuten ins Gespräch kam. Ich fühlte mich da wohl, hatte Geld für meine fünf bis sechs halben Liter Bier am Abend, konnte mit netten Leuten irgendetwas Nettes sülzen, hörte noch gute Musik dabei.

Morgens lange schlafen, den Nachmittag irgendwie verbringen, abends bis in späte Nacht in der Kneipe. Was wollte ich mehr?

Na, da war schon noch etwas, aber das konnte ich mit Kneipe und Bier gut verdrängen.

Auf jeden Fall waren es zwei schöne Wochen, ausschlafen, in der Sonne liegen, abends in die Kneipe, keine Verpflichtungen, kein

Arbeitszwang. Das lässt sich aushalten. Die Schule? Ach, was solls'
…

Für einen jungen Menschen aus einer Arbeiterfamilie sind solche Wochen schon etwas Besonderes. Man kann es nur jedem ansonsten hart arbeitenden Menschen wünschen, einmal in seinem Leben so ein paar lockere Wochen zu erleben.

Irgendwann kam mein Klassenlehrer zu mir nach Haus' und machte mir klar, dass es für mich besser wäre, die Schule nicht aufzugeben. Wirklich nett von ihm.

Nach drei Jahren schloss ich das Technische Gymnasium tatsächlich mit der fachgebundenen Hochschulreife ab. Mit einem durchschnittlichen Zeugnis, aber immerhin. Und ich hatte natürlich etwas gelernt, meinen Verstand etwas geschärft und mein Bewusstsein und mein Wissen weiterentwickelt.

Aber was danach machen? Nach dem Schulabschluss fiel ich in ein tiefes Loch, fing die Katastrophe erst richtig an.

Nächtliche Abenteuer I

Grünspan

Das Grünspan ist eine Disco auf St. Pauli, in der Großen Freiheit. Früher, am Anfang, mal so etwas wie eine Hippie-Disco, später dann mehr Rock-Musik. Wobei ich das heute nicht mehr beurteilen kann, da ich als braver Großvater solche Etablissements nicht mehr aufsuche. Blöderweise öffnen die ja erst um 22 oder 23 Uhr, und dann bin ich schon müde. Oder ich schlafe schon unter meiner superwarmen Bettdecke. Eigentlich fehlt mir nur noch eine elektrische Heizdecke. Oder zwei.

Am Anfang, 1968, öffnete das Grünspan bereits um 20 Uhr. Das war nicht schlecht für jemand, der noch nicht 18 war und das Lokal um 22 Uhr wieder verlassen musste.

Für uns Jungs vom Land war es schon beeindruckend, die Lightshow mit den blubbernden Blasen und den alten Charlie-Chaplin-Filmen, die geile Musik, und zum Kiffen gab's damals auch noch etwas zu kaufen. Viele Leute dort bewunderte ich, die langen Haare, die Kleidung, sie waren eben cool.

In der Zeit meiner Lehre war ich sehr oft im Grünspan. Meistens waren wir zu zweit oder zu dritt, manchmal war ich allein dort. Man konnte sehr viel herumgehen, im Grünspan selbst, und nach draußen, in der Großen Freiheit Luft schnappen.

Die Musik war einfach geil. Es war der Beginn der „progressiven" Musik. Viele Stücke höre ich heute noch gern. Iron Butterfly „In a gadda da vida", Can „Mother Sky", CSNY „Carry on", Donny Hathaway "In the Ghetto", Chamber Brothers "Time", Eric Clapton „Leila", usw. Das solche Titel in einer Disco gespielt werden, kann ich mir heute nicht mehr vorstellen.

Allein schon die Anreise. Damals musste man beim Betreten des U-Bahn-Geländes noch eine Fahrkarte vorzeigen, und die U-Bahn roch anders als heute. Ich mochte den typischen U-Bahn-Geruch. Die S-Bahn zur Reeperbahn gab es noch nicht, nur die U-Bahn.

Also mit der U-Bahn bis zur Station St. Pauli, dann die Reeperbahn herunter latschen, an den vielen Sex-Läden vorbei. Oft wurde man von den Türstehern angesprochen.

Mit meiner guten Musik war irgendwann Schluss, mit dem Aufkommen des Punk wurde auf einmal ganz andere Musik gespielt. Die auch nicht schlecht war, aber eben nicht ganz meine Musik. Da ich zu der Zeit eine allgemeinbildende Schule besuchte und sehr wenig Geld hatte, blieb ich viel zu Hause. Erst später begann ich wieder, öfter ins Grünspan zu fahren. Da wurde dann inzwischen wieder mehr Hardrock gespielt, was mir besser gefiel.

Inzwischen war ich auch älter, etwas selbstbewusster, und konnte die Nacht durchmachen. Ich trieb mich auch schon mal mehr außerhalb des Grünspan auf der Großen Freiheit herum.

Direkt daneben war eine kleine Kneipe. Der Wirt verkaufte nicht nur billiges Bier, sondern auch Captagon zu einem vernünftigen Preis. Man musste nur ein Bier und 10 Captagon bestellen, und schon lief er zu seinem Kühlschrank und holte die Ware. Ein Freund von mir bekam von ihm nichts, er erschien dem Wirt wohl nicht vertrauenswürdig. Ich kaufte dann für ihn.

Zur Captagonzeit erlebte ich die schönste Nacht meines Lebens im Grünspan. Mit mindestens zehn Flaschen Bier, mehreren Joints und fünf Captagon. Ich war so gut drauf wie niemals mehr danach. Ich war so aufgedreht, dass ich entweder auf der Tanzfläche war oder irgendwo herumrannte. Nur hektisch in Bewegung, die ganze Nacht euphorisch. Schlafen konnte ich den ganzen folgenden Tag nicht.

Das Grünspan machte um sechs oder halb sieben morgens zu, danach konnte man noch in eine Mini-Disco am Neuen Pferdemarkt gehen, die bis um acht oder neun geöffnet hatte. Und dann überdreht mit dem Auto nach Hause fahren. Ich habe mir sehr viele Nächte dort um die Ohren gehauen. Oft fuhr ich noch spät nachts, als ich ein Auto hatte, nach irgendwelchen Partys oder Zusammenkünften nach Hamburg. Ich war gern dort, ich kannte auch keinen anderen Ort, an dem ich mich bis zum frühen Morgen aufhalten konnte. Auf eine bestimmte Art war das Grünspan lange Jahre ein Teil meines Lebens, fast meiner Identität, denn: Ich hatte wenig bis nichts anderes. Natürlich wäre ein intensives, positives Zusammensein mit anderen Menschen in meiner Freizeit viel sinnvoller und produktiver für meine Entwicklung gewesen. Das hatte ich aber nie. Ich hatte nie eine Gruppe oder ein Umfeld, zu dem ich eine uneingeschränkt positive, freundschaftliche Beziehung hatte. Andere aus meiner Umgebung konnten vielleicht Nächte im privaten Kreis durchmachen, ich nicht. Das war für mich viel zu anstrengend und auch zu langweilig. Die langjährigen nächtlichen Grünspan-Besuche waren auch eine Methode, um zu überleben.

Nächtliche Abenteuer II

Drogenparty

Wenn man Kiffer kennt, wird einem früher oder später auch mal etwas anderes angeboten. So war es jedenfalls früher in den Kreisen, in denen ich mich bewegte.

Das bleibt nicht aus, denn Cannabis hat keine besonders starke Wirkung, und viele Kiffer probierten damals auch andere Sachen aus. Irgendwann machte man mit stärkeren Drogen weiter, oder man hörte eben auf und kehrte zum Alkohol zurück.

Da gab es Leute, die auf einmal Heroin snieften. Mit einem Feuerzeug machten sie die Droge auf Alu-Folie heiß und atmeten den Qualm durch die Nase ein. Solche netten Angebote lehnte ich ab. Ich wusste, wie gefährlich das Zeug war. Tabletten, meist Speed, zu nehmen war auch nicht ungewöhnlich. In Verbindung mit Alkohol war ich manchmal auch nicht abgeneigt.

Für die meisten Kiffer war die nächststärkere Droge damals LSD. Da erzählten viele davon, wie toll es war und wie gut sie sich damit fühlten. „Ey, warst du schon mal auf'm Trip? Musst du mal machen, ist echt geil." So blödsinnig wurde darüber gequatscht. Denn es ging ja auch um Geltungsbedürfnis und Anerkennung; wer den meisten Shit rauchte und die gefährlichsten Drogen nahm, war eben der Größte. Ein Held der Drogenszene.

Heute ziehen die jetzt altgewordenen früheren Kiffer wahrscheinlich ihr Geltungsbedürfnis aus Urlaubsreisen, den PS-Zahlen ihrer BMW-Fahrzeuge oder dem Alter ihres Lieblingswhiskeys. Oder sie sind froh, wenn sie sich ihre tägliche Bierration noch leisten können. Na, ich kann mich darüber leicht lustig machen, aber schließlich kann sich ja nicht jeder so wie ich als freischaffender Lebenskünstler (als Rentner) selbst verwirklichen.

Süchtig wird man vom LSD-Genuss jedenfalls nicht, aber es gab Leute, die dadurch etwas verstört wurden. Oder auch mehr …

Mir wurde das Zeug mal auf einer privaten Zusammenkunft angeboten. Es war eine relativ nette Runde, und ich hatte mich vorher bereits mit ein paar Flaschen Bier und etwas Cannabis stabilisiert, so dass ich mutig war und das Angebot annahm. Angeblich hatte der Gastgeber, ein wirklicher LSD-Fachmann, nur zwei Trips für vier Leute. Aber diese Trips waren seiner Meinung nach besonders gut und stark, so dass er vier Hälften verteilen konnte. Ob das alles stimmte, war uns egal. Der Gipfel war, dass ihm eine Hälfte herunterfiel, er sie aber nach etwas längerem Suchen wiederfand. Sehr merkwürdig alles aus heutiger Sicht. Vielleicht hat er sich aber auch nur Gedanken darüber gemacht, wem er welche Dosis verpassen kann. Denn er kannte uns alle ziemlich gut.

Jedenfalls wurde es eine lustige Nacht, wir haben viel gelacht. Ohne Grund. Das Lachen ergab sich so, einer fing an, die anderen fielen ein und gackerten mit.

Ein kleiner Gewaltexzess fand auch noch statt, als einer der Gäste die Katze des Gastgebers am Schwanz in die Höhe hob. Der Täter bekam daraufhin vom Gastgeber eine geknallt und verließ fluchtartig die Wohnung. Mich störte das nicht weiter, meine Stimmung blieb weiter gut.

Wir unterhielten uns auch ab und zu, oder vielleicht auch nicht? Tja, wenn ich das nur wüsste. Denn ob jemand wirklich etwas gesagt hat oder ob ich mir dies nur gedacht oder nur geträumt hatte, war leider nie klar. Mit meinen eigenen Äußerungen und Gedanken ging es mir genauso. Hatte ich etwas gesagt oder hatte ich das nur gedacht?

Ich wusste es nicht. Ich weiß es bis heute nicht. Wahrscheinlich habe ich ab und zu tatsächlich etwas gesagt. Kann aber sein, dass ich Äußerungen der anderen erst eine halbe Stunde später beantwortet habe, weil in meinem Kopf endlose Gedankenketten und Phantasien abliefen, oder: Dass ich die Äußerungen der anderen nur geträumt habe und trotzdem beantwortet habe.

Jemand sagt etwas. Jedenfalls meine ich, etwas gehört zu haben. Aber hat er es wirklich gesagt? Ich denke darüber nach. Und wenn ja, wann hat er es gesagt? Dann antworte ich. Habe ich jetzt wirklich geantwortet? Oder hatte ich vorher schon geantwortet? Habe ich denn eben wirklich etwas gesagt? Oder bloß gedacht? So ging es stundenlang hin und her.

Ziemlich verrückt, das Ganze. Anders kann man so einen Wahnsinn nicht bezeichnen.

Die Atmosphäre war ganz angenehm, mildes rötliches Licht und wir hörten natürlich gute Musik dabei. Ich fühlte mich relativ sicher, sonst hätte ich das alles wohl nicht überstanden. Klar, man braucht eine relativ sichere Atmosphäre bei solchen Experimenten.

Zum Glück hatte ich vorher ja auch noch etwas getrunken, was mir wie immer zusätzliche Sicherheit gab.

Irgendwann war dann die Luft raus, und ich zog mich zurück. Und ich konnte Stunden später sogar einschlafen. Jedenfalls war es ein interessantes Erlebnis.

Ich nahm es dann noch ein zweites Mal an gleicher Stelle. Leider war es dabei nicht mehr so spaßig, denn ich war nicht in guter Stimmung, hatte nichts zu trinken oder zu kiffen, sondern jede Menge Sorgen. Ich steckte zu dem Zeitpunkt finanziell, beruflich und persönlich ziemlich in der Klemme. Ich wusste damals nicht, wie es mit mir ganz allgemein weitergehen sollte. Was ich überhaupt anfangen sollte. Ich war verunsichert, beunruhigt und deprimiert. Das sind natürlich die schlechtesten Voraussetzungen, um so eine Droge zu konsumieren.

Warum ich mich überhaupt an diesem Drogen-Genuss beteiligte, verstehe ich bis heute nicht.

Ich vermute, ich hatte nicht die Kraft „Nein" zu sagen.

Und so kam es, dass sich mein zweiter Versuch zu einem kleinen Horror-Trip entwickelte.

Ich dachte die ganze Zeit in endlosen Gedankenschleifen darüber nach, wie es weitergehen sollte. Immer wieder kaute ich meine eigene Verzweiflung und Depression durch. Ich konnte nichts anderes mehr denken und verspannte mich dabei so stark, dass die Verspannung schon körperlich wurde.

Ich sah zu, dass ich die Party verließ. Den Rest der Nacht lag ich mit durchgebogenem, stark verspanntem Rücken in meinem Bett. Erst am nächsten Tag konnte ich mich etwas entspannen. Der miese Eindruck dieses Abends war so stark, dass ich ein paar Wochen brauchte, um davon Abstand zu gewinnen.

Durch dieses Erlebnis wurde ich vorsichtiger, diese Droge habe ich nicht mehr genommen. Für mich ist es schon besser, nicht die Kontrolle zu verlieren und die Büchse der Pandora nicht zu öffnen, dafür bin ich nicht stark genug. Und ich habe nicht genug Vertrauen zu anderen Leuten, um mich noch einmal in solche Exzesse zu begeben.

Heute bin ich natürlich viel zu alt für solche Abenteuer. Vielleicht auch nicht, aber ich sehe auch keinen Sinn darin.

Die beste Droge ist eben ein klarer Kopf. Und ich weiß aus eigener Erfahrung, dass nicht alle aus der damaligen Zeit heute so locker darüber plaudern können. Einige sind auf die eine oder andere Art auf der Strecke geblieben.

Mit dem Kiffen hörte ich langsam auf, es brachte mir nichts mehr. Ich trank wieder gern Bier, und das eigentlich jeden Abend. Als ich viel später wieder in meinem Lehrberuf zu arbeiten begann, ging ich jeden Morgen verkatert zu Arbeit. Erst mit der Geburt meiner ersten Tochter hörte ich mit dem täglichen Trinken auf.

Mit Drogen kann man viel Spaß haben, aber auch viel in sich durcheinanderbringen. Am Anfang glaubt vermutlich jeder, dass er zu den ersteren gehört. Aber die Jahre gehen ins Land, und man wird älter. Und jahrelangen Drogengenuss hat noch niemand unbeschädigt überlebt. Außer mir natürlich.

Bier im Glas

Jutta, die rothaarige Kellnerin, war wirklich cool. Sie sah super aus, und sie blieb immer ruhig, egal wie viel zu tun war, wie groß die Hektik auch war. Immer ein Gast nach dem anderen. Sie redete nie mit den Gästen, außer den wenigen Worten, die für das Geschäft notwendig waren.

Bier gab es nur in Flaschen, denn gezapft wurde nicht. Und getrunken wurde in der Regel auch aus Flaschen, bis auf wenige Ausnahmen einiger spezieller Säufer. Ich bat sie um ein Glas, weil ich so schneller trinken konnte und das Bier im Glas mit Schaumkrone auch besser aussah.

Ich trank einfach lieber aus einem Glas, und sie akzeptierte das.

Ich hatte längere Zeit die Angewohnheit, gleich nach meinem Eintreffen ziemlich schnell hintereinander drei Flaschen Bier zu trinken. So konnte ich mich schnell in Stimmung bringen. Danach ließ ich es ruhiger angehen. Meistens jedenfalls. Das war in der Zeit, als ich lieber Bier trank als kiffte. Bekam meinem Verstand einfach besser.

Und da ich ziemlich oft Nächte dort verbrachte, stellte sie mir irgendwann gleich ein Glas neben die Bierflasche. Das war gut.

Was Jutta wohl heute macht? Ob sie jetzt in einem Altersheim lebt und dort die alten Männer verrückt macht? Jutta, wenn du dies hier liest, dann ruf mich an, oder schreib mir eine Mail ... haha, was für ein schöner Witz.

Sie war ein klasse Typ, eine Königin auf ihre Art. Es gab noch andere Königinnen der Nacht auf St. Pauli, aber sie war etwas Besonderes. Irgendwann wechselten wir ein paar Worte, und ich merkte, dass sie ein ziemlich normaler Mensch war. Für sie war es ein Job, den sie eben machte, um davon zu leben. Finanziell lief es wohl nicht so schlecht, denn sie arbeitete nur zwei Nächte pro Woche, immer von Freitag auf Sonnabend und von Sonnabend auf Sonntag.

Also acht oder neun Nachtschichten pro Monat. Davon konnte sie leben, meine Bierglas-Königin.

Ich war jedenfalls immer froh, wenn ich den langen Weg von der U-Bahn-Station St. Pauli die ganze Reeperbahn herunter und die Große Freiheit herein bis zum Grünspan abgelatscht hatte, endlich an der Theke saß und Jutta mir das erste Bier mit Glas brachte. Dann konnte die Nacht beginnen.

Und gut, wenn man Geld hatte für Bier im Glas. Ich hatte es nicht immer. In späteren Jahren fuhr ich so manches Mal mit dem Auto erst spät nachts nach Hamburg, ich ging erst hinein, wenn man keinen Eintritt mehr bezahlen musste, und das war um drei Uhr morgens. Also zwischen ein und zwei Uhr morgens zu Hause los, durch Bad Oldesloe, Bargteheide und Ahrensburg nach Hamburg. Damals wurde nachts noch gute Musik im Radio gespielt, auch viel guter Jazz. Ich erinnere mich immer noch an Albert Ayler und Archie Shepp.

Das Auto stellte ich in der Transvestiten-Straße ab und dann musste ich noch bis drei Uhr warten. Der Mann am Eingang ließ mich schon mal früher ohne zu bezahlen herein, aber nicht immer. Ich war nicht der Einzige, der darauf wartete, dass die Kasse zumachte. Ein paar andere ärmliche Typen waren immer auch noch da.

Da stand ich dann, mit meinem abgewetzten Parka und wartete. Ein Junge vom Dorf, der für sich keinen Weg hatte. Mit Bier und Drogen war in der Zeit natürlich so gut wie nichts. Aber ich war von zu Hause weg, war an dem einzigen Ort, den ich am Wochenende nachts aufsuchen konnte, an dem ich mich frei bewegen konnte.

Dope-Police on Tour

Bekiffte junge Männer fuhren damals, vor vierzig Jahren, gern Auto. Oft fuhren wir nachts auf Schleichwegen über Land. Machten irgendwo ein Lagerfeuer oder fuhren in den nächsten Ort, um dort in eine Hippie-Dorf-Disko zu gehen. In Bargteheide oder Sülfeld. Voller Sorge, auf einsamen Feldwegen auf Straßensperren der Dope-Police zu stoßen.

Besonders wenn man spät nachts „angeturnt" über schmale kleine Straßen durch Wiesen und Felder fuhr, konnte man seiner Phantasie freien Lauf lassen.

„Mein Gott, ich bin so high, wenn uns jetzt die Dope-Police anhält, klappt vor lauter Schreck meine Schädeldecke auf und zu." „Stell dir vor, die filzen uns! Wir müssen unser Dope sofort wegwerfen, wenn die in Sicht sind." „Wegwerfen, dieses geile Dope? Spinnst du? Wir werfen es ein! Jeder schluckt einen Teil runter. Oh Mann, wenn das wirkt, das wird eine Abfahrt!" Alles brüllt …

„Stell dir vor, die knasten uns ein. Und wir sind so geil drauf und fliegen in den Zellen umher." „Wir kleben an der Decke, und die Bullen reiben sich die Augen, wenn sie in die Zellen glotzen!" „Hahaha…" „Oh, ist das geil Alter."

„Ey, da kommt ein Auto ..." „Wo denn, ich seh' nichts?" „Ich hab' da eben einen Lichtblitz gesehen …" „Mann, hast du etwa einen Lightflash? Bei dem geilen Dope kein Wunder."

„Oh Mann, ich wollte mein Dope schon aufessen …" „Wenn ein Auto kommt, muss es ja auch nicht unbedingt die Dope-Police sein." „Ne, wenn hier nachts jemand durch die Felder fährt, kann es nur die Dope-Police sein. Niemand anders würde hier nachts rumfahren."

„Meinst du?" „Na klar!" „Wahrscheinlich machen sie schon seit Jahren hier Dope-Kontrollen …" „Wer weiß, wie viele Kiffer sie hier schon abgefangen haben." „Wahrscheinlich haben sie unser Auto verwanzt und hören alles mit!" „Nein!" „Natürlich. Sie warten nur darauf, bis wir voll high sind, um uns dann zu krallen!" „Oh, fahr schneller, endlich raus hier. Das nächste Mal nehmen wir die Autobahn." „Schneller fahren geht nicht Mann, ich kann doch kaum noch fahren. Das ist jetzt schon alles zu schnell für mich. Auf der Autobahn wär es noch schlimmer, wenn wir nur dreißig fahren können, weil der Fahrer zu bekifft ist. Die würden uns sofort aus dem Auto holen." „Ach, dann ziehst du eben noch einen durch, dann klappt es schon."

„Genau." „Ok, lass uns anhalten, wir bauen uns noch ein Rohr."

So ging es die ganze Fahrt. Ein Kifferspruch jagte den nächsten. Wir waren die Größten und lachten und kicherten über unsere Kiffersprüche wie die Blöden.

Es war für mich wirklich schwer, in dem Zustand noch Auto zu fahren. Es kam auch ab und zu vor, dass ich anhalten musste, weil ich einfach nicht mehr konnte.

Und die Dope-Police erwischte uns natürlich nie.

Die Polizisten wussten damals auch noch nicht so viel über Drogen. Einmal kifften wir in meinem VW-Käfer nachts vor dem Freibad in der Nähe von Bad Oldesloe. Im Autoradio spielte ein Sender eine komplette LP von Pink Floyd, „The Dark Side of the Moon". Das war die richtige Musik für eine Kifferparty im Auto. Und wir hatten wirklich gutes Haschisch.

Natürlich hatten wir die Autoscheiben geschlossen, so dass der Haschnebel im Auto blieb.

Als die LP beendet wurde, wollten wir in die Stadt zu meiner Bude fahren. Ich fuhr langsam, denn es war wirklich schwer, sich in meinem Zustand zu konzentrieren, auf der Straße zu bleiben und nicht gegen irgendwelche Verkehrsregeln zu verstoßen. Ich machte nur einen Fehler: Ich fuhr extrem langsam.

Irgendwann schrie jemand: „Mensch, die Bullen fahren hinter uns her." Ich sah sie im Rückspiegel und dachte nur: Scheiße. Sie blieben an meiner Stoßstange förmlich kleben.

Ich hatte panische Angst. Vor meiner Bude parkte ich, und das Polizeiauto parkte sofort dahinter! Meine Kifferfreunde ließen mich allein, gingen schon ins Haus. Ein Polizist war ausgestiegen, fragte nach Papieren. Ich schlotterte mit den Knien vor Angst. Ja, meine Knie zitterten wie verrückt. Ich konnte dieses Zittern nicht abstellen. Der Polizist muss etwas geahnt haben, vielleicht wusste er auch Bescheid. Zum Glück hatten sie damals noch keine Geräte zum Nachweis von Drogen. Schließlich fragte er mich: „Bleiben Sie jetzt hier?" Das hieß wohl übersetzt: „Sie sollten besser nicht mehr fahren." Ich bejahte seine Frage und konnte gehen. Die Polizisten waren in Kleinstädten früher eben doch netter als die Großstadtbullen. Ich ging ins Haus, völlig fertig.

„Mein Gott, das war knapp. Ich bin völlig fertig. Kommt, lasst uns noch einen durchziehen."

Heroin (Velvet Underground)

A., liebe A.,…

I don't know just where I'm going
But I'm gonna try for the kingdom, if I can
'Cause it makes me feel like I'm a man
When I put a spike into my vein
And I'll tell ya, things aren't quite the same
When I'm rushing on my run
And I feel just like Jesus' son
And I guess that I just don't know
And I guess that I just don't know

I have made the big decision
I'm gonna try to nullify my life
'Cause when the blood begins to flow
When it shoots up the dropper's neck
When I'm closing in on death
And you can't help me not, you guys
And all you sweet girls with all your sweet talk
You can all go take a walk
And I guess that I just don't know
And I guess that I just don't know

I wish that I was born a thousand years ago
I wish that I'd sailed the darkened seas
On a great big clipper ship
Going from this land here to that
Put on a sailor's suit and cap
Away from the big city
Where a man can not be free
Of all of the evils of this town
And of himself, and those around
Oh, and I guess that I just don't know
Oh, and I guess that I just don't know

Heroin, be the death of me
Heroin, it's my wife and it's my life
Because a mainer to my vein
Leads to a center in my head

And then I'm better off than dead
Because when the smack begins to flow
I really don't care anymore
About all the Jim-Jim's in this town
And all the politicians makin' crazy sounds
And everybody puttin' everybody else down
And all the dead bodies piled up in mounds

'Cause when the smack begins to flow
Then I really don't care anymore
Ah, when the heroin is in my blood
And that blood is in my head
And thank God that I'm as good as dead
And thank your God that I'm not aware
And thank God that I just don't care
And I guess I just don't know
And I guess I just don't know

Mein Gott, meine Augen werden immer noch feucht wenn ich daran denke.

Sie gefiel sich so als dekadente Außenseiterin, mit ihrer schwarzen Kleidung und den dunklen Augenringen. Aber sie wusste nicht, worauf sie sich eingelassen hatte. Als sie es merkte, war es zu spät. Zuerst ging es nur ums „Sniefen", um das Einatmen des Rauches, der beim Erhitzen des Giftes auf Alufolie mit Hilfe eines Feuerzeuges entsteht.

Aber es kam, wie es kommen musste. Irgendwann kam jemand und erzählte ihr, was für eine Verschwendung das Sniefen war. „Du, ich zeig dir mal, wie geil ein richtiger Flash ist." Ich weiß nicht, wie er das hinbekommen hat, sie hatte doch gar keine sichtbaren Venen.

Sie war so eine zarte, zerbrechliche, liebe Person. Nur etwas aus der Bahn geworfen, wie die meisten damals.

Andere lösten starke Schmerztabletten auf und spritzen sich das Zeug. Irgendein alter Mensch bekam Morphium wegen starker Schmerzen, sie hörten davon und schon lief ihnen der Sabber aus dem Mund: „Mensch, kannst du nicht ein paar Ampullen abzweigen?"

Andere durchsuchten die Medikamenten-Schränke von uralten Rentnern. Hätte ja sein können, dass da irgendetwas dabei ist.

Ich weiß nicht, was aus all den Drogenfreaks geworden ist, ob sie noch leben oder zum Alkohol zurückgekehrt sind oder noch irgendwie die Kurve bekommen haben.

Aber eine hat es nicht geschafft. Sie ist damals gestorben, um die zwanzig Jahre alt.

Diese Droge ist zu stark. Dafür musst du Millionär sein, sonst geht es schief.

Und Songs wie „Heroin" von Velvet Underground hielten damals auch niemand von diesem Gift ab, im Gegenteil.

#

Zerstörung

Wie oft saß ich abends von der Arbeit verprügelt, erschöpft und deprimiert in meinem Zuhause. Oft brauchte ich Stunden, um wieder zu mir zu kommen und klar zu denken.

Das war oft so, als ich meine Wünsche, ein Studium zu absolvieren, begraben musste und wieder als Maschinenschlosser arbeitete. Die Arbeit widersprach stark meinen Wünschen, Hoffnungen, Ideen.

Meine Arbeit habe ich eigentlich immer nur ausgeübt, um zu überleben. Ja, es war hart, mein Ich aufrecht zu erhalten. Und nicht zu resignieren, die Segel zu streichen. Einen Rest Opposition habe ich mir immerhin immer erhalten.

Ja, ich lebe noch. Nach fünfundvierzig Jahren in der Metallindustrie bin ich noch nicht tot!

Es war nicht das Richtige für mich, das war mir immer klar, aber: Ich wusste nie, was das Richtige für mich war.

Sehr schlimm war die Arbeitssituation für mich in den Kleinstädten auf dem Land, die kleinstädtischen, ja dörflichen Kollegen machten es mir schwer. Sie lebten in ihrer kleinstädtischen, dörflichen Welt, die ich schon längst verlassen hatte, in der ich auch nie richtig drin war. Da ging es immer nur um die Bildzeitung, das Auto und das Häuschen.

Manchmal auch um Puffgeschichten.

Die langweilten sich zu Hause, waren froh, wenn sie am Montag wieder zur Arbeit gehen konnten, weil sie dort wieder mit Gleichgesinnten, mit ihren Kollegen zusammen waren.

Sie gingen zur Arbeit, erlebten nichts, waren unzufrieden, und wussten, dass dies ihr Leben war. Sie würden nie etwas anderes erreichen. Den Namen Jimi Hendrix hatten sie vielleicht einmal gehört, seine Musik kannten sie nicht. Und Soft Machine schon gar nicht. Nur Hitparaden-Musik. Was für ein Leben. Ich war oft einfach fertig, wenn ich nach der Arbeit zu Hause war. Ich fühlte mich wie zerschlagen, aber nicht von der Arbeit an sich. Sondern vom Umgang mit meinen Kollegen.

Als Hippie im kleinstädtischen Metallbetrieb. Ich war schon auf Demonstrationen gegen den Vietnamkrieg in Hamburg gewesen, hatte im Grünspan gekifft, und ich kannte In-a-gadda-da-vida von Iron Butterfly und Mother Sky von Can. Man kann sich vielleicht vorstellen, dass ich nicht der richtige Betriebsschlosser in einer Gießerei war. Obwohl die Arbeit in der Gießerei gar nicht so schlecht war. Schließlich war ich der einzige dort, der Autogenschweißen konnte.

Es waren auch nette Kollegen dabei, so einer oder zwei.

Die türkischen Gastarbeiter waren auch nicht besser. Einmal stand ich freihändig auf der zweitletzten Stufe einer Kipp-Leiter, um in fünf Meter Höhe einen Stahlträger fest zu schweißen. Ich bat einen türkischen Kollegen, die Leiter festzuhalten, denn es wackelte wie nur etwas. Na, ich versuche beim Schweißen mein Bestes, kann die Schweißnaht fast nicht sehen, arbeite nur mit Gefühl und versuche, dabei ruhig zu stehen.

Als ich nach unten sehe, steht mein türkischer Kollege zwei Meter neben der Leiter und quatscht mit einem anderen türkischen Kollegen. Ich hielt es nie lange in diesen Betrieben aus. Kündigte oder ging einfach nicht mehr hin, ließ mich kündigen.

Das wurde erst viel später in Hamburg auf der Werft besser. Da gab es schon ein paar Kollegen, die etwas von der Welt gesehen hatten. Aber das traf dann ja auch auf mich zu. Heinz, der zur See gefahren war, und von einer Existenz als Fährmann in Argentinien träumte. Seine Frau trank aber zu viel, so blieb er. Egon, der Säufer, der einmal politisiert und linksradikal war, sich aber anpassen musste. „Was sollte ich machen? Ich brauchte Geld für Frau und Kind und konnte nicht mehr immer wieder in den Sack hauen." In den Sack hauen heißt: kündigen. Ach ja, Egon, der suchte mich einmal im Betrieb. Wir hatten „einen genommen", wahrscheinlich Cola-Whisky, und ich war betrunken und hatte mich in einem leeren Büro auf einen Schreibtisch gelegt und gepennt. Egon schrie meinen Namen durch die Hallen, erstens war er genauso betrunken wie ich und zweitens machte er sich Sorgen, befürchtete, ich wäre über die Kaikante ins Wasser gefallen.

Ich kann mich heute noch über seine Panik amüsieren, wenn ich daran zurückdenke. Denn ich lag auf einem Schreibtisch und grinste betrunken vor mich hin. Und das alles während der Arbeitszeit – bezahlt!

Horst, der auch vom Land kam, ein erfahrener Arbeiter mit viel Lebensweisheit. Jogi, der trockene Alkoholiker, der liebe Kerl. Ulli, der Schluckspecht, in dem so viel steckte. Ja, auf der Werft gab es schon andere Kollegen als im kleinstädtischen Bad Oldesloe.

Sie waren es, die die Arbeitswelt für mich erträglich machten.

Die Vertreibung und die große Illusion

Wenn der Verstand weiter ist als die Emotion….

Das Technische Gymnasium zu bewältigen war nicht weiter schwierig. Aber danach musste ich ja auch irgendetwas machen, und ich hatte leider keinen Schimmer, was das sein könnte.
Ich hatte mir darüber vorher keine Gedanken gemacht, lebte einfach so in den Tag hinein.
Ich hatte kein Ziel, keinen Ehrgeiz und nicht die geringste Vorstellung, was ich mit meinem Abschluss, immerhin Hochschulreife, machen sollte. Es zog mich nirgendwo hin.
Kaum zu glauben, aber so war es. Mein Traum war eigentlich immer, als Hippie zu leben, mit wenig Arbeit und wenig Geld, aber mit viel Musik, Drogen und schönen Hippie-Frauen. Das kann ich jetzt, als Rentner, endlich verwirklichen. Hinzu kam damals, dass die ganzen Jahre eine Einberufung zur Bundeswehr immer wie ein Damokles-Schwert über mir hing. Denn zur Bundeswehr wollte ich auf keinen Fall.
Die Bundeswehr war so ziemlich das Letzte, an dem ich mich beteiligen wollte. Für mich damals war die Bundeswehr der vollkommene Schwachsinn und die vollkommene Sinnlosigkeit, noch zerstörender als meine Arbeit in Metallbetrieben. Das hieß also: Einen Antrag auf Kriegsdienstverweigerung stellen und in ominösen Verhandlungen um die Anerkennung kämpfen. Das gelang mir zwar nicht, aber mittels verschlungener Wege schaffte ich es trotzdem, mich vor der deutschen Armee zu drücken.
Weder Armee noch Zivildienst, schon wieder ein Privileg!
Das ganze damit verbundene Verfahren belastete mich aber jahrelang, nahm mir viel Energie und förderte meine sowieso schon ausgeprägte Antriebslosigkeit.
Und hinzu kam auch noch, dass ich durch meine linksradikale politische Einstellung auch nicht das geringste Interesse an einer wie auch immer aussehenden Karriere hatte. Leider war ich damals nicht so schlau, den Wert einer beruflichen Weiterentwicklung zu erkennen und einfach persönliche Vorteile, die sich anboten, wahrzunehmen.
Und da obendrauf kam noch mein geringes Selbstbewusstsein, meine geringen Ansprüche an mein eigenes Leben.
So ergab sich nach dem guten Schulabschluss eigentlich gar nichts. Ich jobbte ab und zu, blieb bei meinen Eltern wohnen, trank und kiffte wieder mehr, lebte ohne Ziel und Leidenschaft.

Das meine Eltern nicht begeistert waren, lässt sich denken. Ich wusste aber
absolut nicht, was ich tun sollte oder was ich für mich wollte. Außer viel lesen, trinken, kiffen, und von Liebe träumen. Der Kontakt zu Freunden wurde auch immer weniger. Ich fühlte mich oft einsam. Einsam, gelangweilt und unzufrieden.

Viel später dachte ich: Ein Mentor wäre schön gewesen, ein Freund, mit dem ich über meine Sorgen, Probleme und Gedanken hätte sprechen können. Meine Eltern waren mit mir überfordert.

Der Druck zuhause wurde immer stärker; mir blieb irgendwann nichts anderes übrig, als auszuziehen, in irgendwelche billigen Buden, in meinem gelernten Beruf zu jobben und zu versuchen, irgendwie über die Runden zu kommen.

Mit meiner gymnasialen Bildung wieder als Maschinenschlosser zu arbeiten, war nicht einfach. Denn ich konnte mit meinen Kollegen nicht mehr so unbefangen umgehen wie früher. Sie waren anders als ich, hatten andere Gedanken im Kopf als ich, und ich konnte mit ihnen nicht mehr so kommunizieren wie früher. Sie waren mir mehr oder weniger fremd geworden. Und sie schauten auch schon etwas komisch, wenn sie erfuhren, dass ich den Abschluss eines Technischen Gymnasiums vorweisen konnte.

So war auch die Arbeit mit viel menschlichen Schwierigkeiten verbunden. Ich wurde des Öfteren schnell arbeitslos, und hockte dann mit steigender Verzweiflung in meinen billigen Zimmern, wurde immer unzufriedener und deprimierter.

Einen Versuch, doch noch ein technisches Studium zu absolvieren, brach ich nach kurzer Zeit wieder ab. Ich merkte einfach zu stark, dass meine Studienkollegen ganz anders waren als ich, und damit konnte ich nicht mehr umgehen.

Freunde, mit denen ich über meine Probleme reden konnte, hatte ich nicht …Der Kontakt mit anderen fiel mir auch immer schwerer.

Die Zeit verging, ein Jahr nach dem anderen. Jahre… Es ging mir immer schlechter, und ich näherte mich immer mehr einem Nervenzusammenbruch. Eine schreckliche Phase. Mit der ganzen Misere wurde ich noch zusätzlich während eines LSD-Trips konfrontiert, der sich durch die endlosen Gedankenketten meiner Depression zu einem Horrortrip entwickelte. Ich brauchte ein paar Wochen, um mich von diesem schrecklichen Erlebnis zu erholen.

In meiner Verzweiflung kam immer wieder die Idee hoch abzuhauen. Nur weg. Da mir nichts Besseres einfiel, kam immer wieder der Gedanke in meinen nur noch halb funktionieren Verstand, es bei der

Legion zu versuchen.

Diese Idee hat im Nachhinein etwas ziemlich Idiotisches. Als Kriegsdienstverweigerer zur Legion. Das ist wohl nur mit meiner damaligen Depression und Verzweiflung erklären. Ich hatte darüber etwas von einem älteren Saufkumpan gehört, und der Typ fand es wohl nicht so schlecht und kannte sich gut aus. Den Eindruck hatte ich jedenfalls. Dass seine Erzählungen auch etwas mit seinem Alkoholkonsum zu tun hatten, begriff ich damals nicht. Einfach abzuhauen, hatte aber etwas. Irgendetwas erleben, egal was, alles konnte nur besser sein als in meiner billigen Bude den Tag zu vergrübeln und zu verpennen. Also bloß weg.

Und ich schaffte es tatsächlich, zu handeln.

Allein den Entschluss gefasst zu haben, gab mal wieder etwas Energie. Ich kündigte mein Zimmer, schenkte meine Schrottmöbel meinem Mitbewohner, und versuchte nach Frankreich zu trampen. Voller Angst und voller Zweifel. Verstört und schon halbverrückt. Bis zur Grenze kam ich auch mit viel Mühe über deutsche Autobahnen, in Frankreich selbst zu trampen, war damals anscheinend unmöglich. Vielleicht sah ich auch zu schlimm aus. Ich wurde einfach nicht mitgenommen. Aber es war ja nicht so weit bis Strasbourg, irgendwie schaffte ich es dann doch bis zu dieser größeren Stadt, in der sich Kasernen befanden. Die Ladefläche eines Lastwagens half mir dabei. Mein Kumpan hatte mir erklärt, dass ich mich in Frankreich in jeder Kaserne melden konnte. Was zu der Zeit wahrscheinlich nicht mehr überall so war, aber in Strasbourg schon.

Ohne Französisch-Kenntnisse zum Eingang des Militärgeländes zu gelangen, war schon schwierig genug.

Ich wanderte vorher fast einen ganzen Tag suchend in der Stadt umher. Und dann noch die Wache am Eingang nach der Legion fragen! Ich konnte ja nur auf Deutsch nach der Legion fragen, noch nicht einmal nach der Legion Etrangere. Letztendlich schaffte ich es. Wahrscheinlich verstanden sie etwas deutsch, sprachen es selbst aber nicht. Sie ließen mich stundenlang warten, bis mich jemand abholte und zu einem Büro der Legion brachte. Und wieder konnte ich nur mit dem Kopf nicken, als ein Uniformierter mich fragte: Legion Etrangere? Und ich unterschrieb schon mal ein Formular, ohne zu verstehen, um was es dabei genau ging. Aber immerhin gaben sie mir nach der ersten Frage-Tortur einen Gutschein für ein billiges Hotel in der Nähe. Ich konnte dort essen, mich ausschlafen, endlich duschen und meine Unterwäsche waschen. Mit zwei anderen Interessierten wurde ich zwei Tage später abgeholt und nach Südfrankreich gefahren. Wir landeten in der Nähe von Marseille im riesigen Militärkomplex Aubagne. Erst dort wurde ich gründlich mit Hilfe eines dolmetschenden deutschsprachigen Legionärs verhört.

Und so begann eine fast fünfjährige Auszeit. Sie nahmen mich tatsächlich. Ein Leben, das mit meinem bisherigem absolut nichts zu tun hatte. Ich musste immer wieder Fragebögen ausfüllen, und bestand tatsächlich diverse Tests und Untersuchungen. Anscheinend war meine Konstitution besser als von mir selbst eingeschätzt. Ich wurde mit einem anderen Namen übernommen, auf meinen Wunsch hin hieß ich jetzt Gerard. Kein schlechter Name für einen jungen deutschen Alkoholgefährdeten.

Sämtliche Kleidungsstücke, mit denen ich gekommen war, warf ich weg. Ich hatte nichts, nur die Sachen, die die Legion mir gab.

Beim Kennenlernen der anderen Neuen merkte ich schnell, dass ich nicht der einzige Deutsche war, der vor seinen Alkohol- und Drogenproblemen zur Legion geflüchtet war. Wir redeten da aber nicht weiter drüber.

Das körperliche Training war zuerst schon mörderisch, oft ging es bis zur totalen Erschöpfung, bis es nicht mehr weiter ging. Ich empfand den Anfang damals aber trotzdem als nicht so übel. Es passierte so viel, ich hatte keine Zeit mehr, über mich lange nachzudenken, lernte französisch und allerhand militärisches, den Umgang mit Schusswaffen, trieb ständig viel Sport, brauchte nichts selbstständig zu entscheiden. Und mein Tag war ausgefüllt, ich hatte einen regelmäßigen Tagesablauf, war nicht mehr mir selbst überlassen. Ich bekam regelmäßiges Essen und regelmäßigen Schlaf, und das allein bekam mir sehr gut.

Für mich war das damals alles sehr gut. Ich wurde schnell stabiler, psychisch und geistig. Der Austausch mit den Kameraden war am Anfang auch interessant. Tja, wer hätte das gedacht, vom Kriegsdienstverweigerer in Deutschland zum Legionär in Frankreich. Na und? Im Leben der Menschen, die nicht mit einem goldenen Löffel im Mund geboren sind, passiert so etwas eben, und auch vieles anderes.

Natürlich war mir nicht klar, was es bedeutete, für fünf Jahre zu unterschreiben. Fünf Jahre war für mich viel zu lang. Nach einem dreiviertel Jahr langte es mir schon. Aber abzuhauen traute ich mich nicht. Und ich hatte auch Angst, in Deutschland wieder in den alten Trott zurückzufallen.

Der erste Gipfel war dann, nach etlichen Wochen Ausbildung am französischen Nationalfeiertag in Paris auf einer Hauptstraße zu marschieren. Marschieren war für mich immer ein Gräuel, und dann noch in der Öffentlichkeit! Für diesen öffentlichen Marsch hatte meine kleine Gruppe zwei Wochen geübt, jeden Tag. Die ersten Tage waren noch einmal eine besondere Tortur. Im Gleichschritt marschieren, allein deshalb hatte ich schon die größte Abneigung gegen die Bundeswehr. Und es musste perfekt sein, nicht die kleinste Abweichung wurde toleriert. Zum Glück musste ich nur dieses eine Mal am 14. Juli dabei sein.

Ein witziger Gedanke: Menschen in Norddeutschland, die mich kennen, sitzen vor dem Fernseher und sehen sich die Parade zum französischen Nationalfeiertag an. Und sie sehen mich, den ehemaligen arbeitsscheuen Kiffer in einer komischen Uniform mit einer weißen Mütze, dem Képi blanc, mit geschultertem Gewehr, einem eingeölten und glattpolierten Famas, marschieren!

Wäre ja schön gewesen, wenn eine Kamera auf einzelne Soldaten herangezoomt hätte und mein Gesicht im deutschen Fernsehen zu sehen gewesen wäre. Und ich es gemerkt hätte und den ausgestreckten Mittelfinger gezeigt hätte. Na, man wird doch noch mal träumen dürfen. Das jedenfalls hätte Einzelarrest bedeute, vielleicht sogar Entlassung.

Kurz nach dieser Marsch-Tortur in Paris, für die es übrigens Beifall von den französischen Zuschauern gab, ging es dann ins Ausland, zunächst in den von Marokko besetzten Teil der West-Sahara. Dort blieb ich fast ein ganzes Jahr, nur unterbrochen durch einen kurzen Urlaub. Ein eintöniger, teilweise stumpfsinniger Dienst, bestehend aus angeblich sichernden Tätigkeiten für Mitarbeiter einer internationalen Organisation. Frankreich war eigentlich gar nicht in den Konflikt um West-Sahara involviert, wieso und warum wir Legionäre dort eingesetzt wurden, weiß ich bis heute nicht. Offiziell Fragen nach dem Grund eines Einsatzes zu stellen war sinnlos, uns wurde nur die unmittelbare Aufgabe mitgeteilt. Wir fragten aber auch nicht inoffiziell, wozu auch.

Vermutlich hatte uns die Legion einfach nur gegen Geld vermietet. Oder die französische Regierung hatte einen Handel mit der marokkanischen getroffen. Jedenfalls durften wir Waffen nicht offen tragen, und unsere Kleidung hatte keine französischen Abzeichen.

Unser Dienst bestand darin, im Eingang eines Gebäudes herumzusitzen oder unsere Schützlinge mit Pickups und Jeeps durch die Gegend zu kutschieren. Unsere Waffen mussten wir dabei immer so im Auto verstauen, dass sie von außen nicht sichtbar waren.

Alkohol und Frauen waren dort für uns nur schwer erreichbar. Der Umgang mit einheimischen Frauen in unserer direkten Umgebung war zu gefährlich, europäische Frauen gab es nicht, und unser einziger Alkoholkonsum bestand aus der täglichen Weinration zum Essen. Ansonsten war Langeweile und herumhängen angesagt. Selbst unser Sportprogramm fand nur reduziert statt, weil unser Vorgesetzter, der dies zu organisieren hatte und wir selbst zu bequem waren.

Die Entfernung zum Atlantik war zu weit, um in der Freizeit mal eben dorthin zu fahren. In dem einen Jahr waren wir nur einmal zu dritt am Meer, in einer kleinen arabischen Stadt.

Die einzige interessante Abwechslung waren gelegentliche Ausflüge in die wüstenartige und zum Teil bergige Umgebung. Ich war froh dort wegzukommen, als ich nach fast einem ganzen Jahr endlich länger Urlaub machen konnte und danach zu einem anderen Einsatz beordert wurde.

Es war uns allen klar, dass die Legion nichts Endgültiges war. Jedenfalls wollte keiner aus unserer kleinen Einheit verlängern. Ich dachte oft daran, dass ich mich nach der Vertragszeit irgendwo und irgendwie wieder integrieren musste. Und ich befürchtete die ganzen fünf Jahre, dass mir diese Integration danach übermäßig schwer fallen würde.

Das war später aber nur zum Teil so. Ich merkte irgendwann, dass ich mich nicht so sehr an die normale Gesellschaft anzupassen brauchte, wie ich vorher immer befürchtet hatte. Jedenfalls nicht so weit, dass es für mich zu viel gewesen wäre.

Im Tschad

Nicht alles war sinnlos und unwichtig. Immer noch stolz bin ich unter anderem auf den Einsatz mit der Legion im Tschad. Irgendwie muss ich mir die Vergangenheit ja etwas schmackhaft machen.

Ein Jahr im Tschad, für uns fast nur Erholung und Herumhängen bzw. Herumfahren – fast wie Urlaub, wie wir Legionäre gerne angaben.

Fast, wenn wir nicht täglich in der Hitze mit unseren Jeeps durch die Gegend gefahren wären und frühmorgens von unserer täglichen Sportstunde gequält worden wären.

In der schlimmsten Mittagshitze lagen wir in unseren Zelten und bewegten uns nicht. Jede Bewegung, jedes Gespräch war uns während unserer Mittagsruhe ausdrücklich verboten. Wir schwitzten auch so in völliger Bewegungs- und Wortlosigkeit schon genug.

Jedenfalls gab es keine Kampfhandlungen, keine gefährlichen Einsätze und Auseinandersetzungen.

Denn es reichte, dass wir da waren. Wir brauchten so gut wie nichts zu tun. Allein schon unsere Anwesenheit reichte aus, dass die sogenannten Rebellen nicht in unser Gebiet kamen. Und das war unsere Aufgabe.

Wir waren ihnen von unserer Kampfkraft her haushoch überlegen, was sie anscheinend wussten. Wir hatten unsere Jeeps, sie keine Fahrzeuge, wir hatten ein paar Maschinengewehre, unsere Famas, Pistolen, und wir hätten bei Problemen jederzeit auch Helikopter anfordern können.

Haben wir aber nie getan.

Die Menschen in den Dörfern waren dankbar dafür, dass sie, solange wir anwesend waren, unbehelligt leben konnten. Wir verlangten nicht von ihnen, dass sie uns ernähren, wir nahmen keine Unterkunft in ihren Häusern, und ihre Frauen ließen wir auch in Ruhe.

Es sei denn, sie bandelten freiwillig mit uns an – was auch tatsächlich vorkam. Black and White. Die ebenfalls dunkelhäutigen Legionäre waren merkwürdigerweise für die Afrikanerinnen nicht so interessant.

Ab und zu kauften wir Essbares von ihnen, oder wir ließen uns von ihnen etwas zubereiten, gegen Bezahlung. Das war uns offiziell nicht erlaubt, aber unterwegs auf unseren Patrouillenfahrten mal ein gebratenes Huhn zu essen, war eine willkommene Abwechslung und eine Gelegenheit für eine längere Pause. Dass wir dafür bezahlten, sprach sich schnell herum und hatte zur Folge, dass uns ständig etwas angeboten wurde. Das war oft einfach zu viel, wir blieben aber immer höflich. Es war auch gut für uns, mit den Menschen Kontakt zu haben.

An richtige Gespräche kann ich mich persönlich nicht mehr erinnern, dazu war die Verständigung zu schwierig. Es ging meistens nur mit merkwürdig verdrehten Französisch Brocken und Zeichensprache, trotzdem war ein gutes Gefühl dabei. Nur ganz selten trafen wir Menschen, die für eine normale Unterhaltung gut genug französisch sprechen konnten.

Die Menschen waren uns dankbar. Diese Dankbarkeit, die wir spürten, und die sie uns auch mitteilten, machte uns schon stolz. Das war Balsam für unsere abgebrühten Legionärs-Seelen. Jedenfalls fühlten wir uns gut bei diesem Einsatz.

Leider war nach einem Jahr wieder Schluss, wahrscheinlich weil irgendjemand uns dort nicht mehr finanzieren wollte, oder vielleicht auch, weil die sogenannten Rebellen aufgegeben hatten. So wurden wir nach dem einen Jahr wieder nach Südfrankreich zurückgeflogen.

Bei einer Kontrollfahrt konnten wir einmal einen der Rebellen festnehmen. Keine Ahnung, wieso er sich überhaupt in unserem Gebiet aufhielt. Vielleicht hatte er sich verlaufen oder war von seinen Kumpanen desertiert. Als wir den verängstigten Kerl fragten, wofür und warum er kämpft, redete er in seinem Kauderwelsch nur irgendetwas daher, dass Soldat eben sein Beruf sei. Wir befahlen ihm, sein Gewehr zu suchen, das er vorher weggeschmissen hatte. Dazu musste er vor unserem P4-Jeep herlaufen, während wir unsere brandneuen Famas-Gewehre auf ihn gerichtet hatten. Als er sein Gewehr endlich wiedergefunden hatte, musste er an einer sandigen Stelle ein Loch schaufeln. Er dachte natürlich, es wäre ein Grab für ihn, zitterte vor lauter Angst dabei und stammelte irgendwas daher. In das Loch musste er sein Gewehr werfen, und anschließend auch noch den größten Teil seiner Kleidung. Nachdem er alles schön zugebuddelt hatte, ließen wir ihn davonlaufen. Wir amüsierten uns köstlich darüber, in welchem Tempo der halbnackte Kerl im Zickzack in der Halbwüste davonrannte. Selbst abends in unserem Zeltlager lachten wir noch darüber. Bei dem Vorfall kam unsere halb verrohte Legionärs-Militär-Seele mal wieder zum Vorschein. Unserem Vorgesetzten im Camp meldeten wir diesen Vorfall nicht, denn dann hätten wir einen schriftlichen Bericht abgeben müssen, und dazu wollte sich keiner aus unserer kleinen Gruppe die Mühe machen. So meldeten wir nur wie üblich: keine besonderen Vorkommnisse. Rien a signaler. Unser Sergent wunderte sich zwar über unsere gute Laune, fragte aber auch nicht weiter nach.

Auf jeden Fall war es für mich ein Einsatz, an den ich gern zurückdenke, und der tatsächlich den Menschen im Land diente. Andere Einsätze waren schwieriger und dreckiger.

Und auch sinnloser.

Mein Gott, stellt euch vor, ein afrikanischer Soldat in einem schwarzafrikanischen Land, in Militär-Lumpen gekleidet, will einem Gefangenen mit einer selbsthergestellten Machete einen Arm abhacken. Er kennt ihn wahrscheinlich überhaupt nicht persönlich, vom Gefangenen droht auch keine Gefahr. Der Grund ist einfach nur, dass sein Chief ihm es befohlen hat. Und warum hat sein Chief es ihm befohlen?

Nur um zu testen, ob wir Legionäre uns davon provozieren lassen oder nicht. Nur deshalb. Denn wir sollten uns strikt heraushalten aus den Auseinandersetzungen im Land. Das war allgemein bekannt, und er wusste es sicher auch. Wir sollten nur Grundstücke und Häuser schützen, in denen sich noch Europäer aufhielten. Und zufällig oder nicht hatte sich ein Trupp merkwürdiger in Uniform-Lumpen gekleideter afrikanischer Soldaten mit Gefangenen vor einem dieser Grundstücke unter ein paar Bäumen platziert.

Wir standen mit einer kleinen Gruppe von weißen Legionären vor diesem Grundstück direkt in ihrer Nähe. Und dann sollte einer dieser Typen einem Gefangenen den Arm abhacken. Eine Art Spiel für den Anführer, mehr nicht. Er zwang ihn, seinen Arm auf einen dicken auf der Erde liegenden Ast zu legen, beim ersten Hieb des Soldaten mit einer verrosteten Machete, die wahrscheinlich jemand aus einem Moniereisen gehämmert hatte, fügte er dem armen Teufel eine tiefe Fleischwunde zu, die sich langsam rot färbte. Der arme Kerl stöhnte auf, verdrehte seine weit aufgerissenen Augen noch mehr, riss den Mund weit auf, und kriegte kein Wort und keinen Schrei heraus.

Als der Typ zum zweiten Mal wieder zuschlagen wollte, habe ich meine PA 15 gezogen, entsichert und schoss möglichst dicht über seinen Kopf in die Luft und hielt dann meine Waffe direkt auf ihn gerichtet. Er verstand auch ohne Worte und war vielleicht auch froh über meine Einmischung.

Sein Chief natürlich nicht, der fing an zu schreien, fuchtelte mit den Armen herum, seine Leute machten ebenfalls Lärm und taten so, als ob sie wütend wären. Vielleicht waren sie es auch, vielleicht auch nicht. Jedenfalls sprangen alle auf, acht bis zehn Leute, schrien in einem uns unbekannten Dialekt herum und ruderten mit den Armen in der Luft, als ob sie uns über meterweite Entfernung schlagen wollten. Wir verstanden kein Wort, blieben nach außen völlig ruhig. Denn keiner von ihnen richtete seine Waffe auf uns, wahrscheinlich aus Respekt vor unserer Feuerkraft. Meine Pistole steckte ich wieder ein.

Wir mussten uns zurückziehen, denn wir durften uns nicht einmischen. Wir sollten ja nur den Europäern in den Häusern Sicherheit bieten. Langsam gingen wir rückwärts durch eine Autoeinfahrt auf das von einer hohen Mauer umgebene Grundstück, blieben dann etwas hinter der Mauer stehen. Das Geschrei draußen hörte langsam auf.

Mein Chief, unser Sergent, ermahnte mich später noch augenzwinkernd. Ich wusste, er muss es tun. Ich wusste natürlich auch, dass er alles Notwendige getan hätte, wenn wir durch mein Handeln in Gefahr geraten wären. Einige meiner Kameraden klopften mir auch noch auf die Schulter. Ob auf dem Gefangenen noch weiter herumgehackt wurde, weiß ich nicht. Vermutlich nicht, es ging ja nur um eine Provokation weißer Legionäre.

Es ist schlimm, was Menschen in militärischen Auseinandersetzungen alles tun. Tun müssen. Wie sie zu Raubtieren werden, voller Adrenalin, tödlichem Hass und mörderischer Energie. Ich habe es gesehen. Aber auch: Wie sie völlig gleichgültig andere Menschen schwer verletzen.

Ich habe ein paar Dinge in der Legion erlebt, die ich Bekannten und Freunden in Deutschland nie erzählen würde. Sie würden es nicht verstehen. Sie können es im Allgemeinen sowieso nicht verstehen, warum man überhaupt in die Legion geht. Ich erzähle eigentlich grundsätzlich nichts davon. Das Ergebnis wäre nur Unverständnis und blöde Fragen. Außer meinen beiden Freunden aus der Legion wissen hier nur noch zwei andere Menschen davon, zwei mir verbundene Frauen.

Ich treffe mich jedes Jahr einmal mit zwei anderen aus der Legion, die auch in Hamburg leben. Wir reden aber wenig über die Legion, mehr über unser Leben heute. Das sind die beiden einzigen Verbündeten, auf die ich mich hundertprozentig verlassen kann. Und zwar immer. Das ist noch wie damals in der Legion, das Zusammengehörigkeitsgefühl zwischen uns war echt. Immerhin: Ein für mich wirklich gutes Jahr war dabei. Von fünf. Wobei die anderen vier auch nicht so ganz schlecht waren. Wenn sich heute jemand in einem ähnlichen Zustand befinden sollte wie ich damals vor meinem Eintritt, kann ich die Legion nur empfehlen. Jetzt könnte natürlich jemand die Frage stellen: „Ja, warum hast du denn nach fünf Jahren nicht verlängert?", und diese Frage wäre durchaus berechtigt. Ich bin aus zwei Gründen nicht länger geblieben: Erstens, weil ich befürchtete, ich würde es bei längerer Zugehörigkeit noch schwerer haben, mich wieder in die Gesellschaft zu integrieren, und zweitens wegen der Frauen. Als Legionär in eine normale Beziehung zu einer Frau zu kommen, war mich jedenfalls damals unmöglich. Man kann eben nicht alles haben. Und so kam ich nach fünf Jahren wieder nach Norddeutschland, nach Hamburg, zurück.

Überstundennostalgie

Als gewerblicher Arbeitnehmer machte ich sehr viele Überstunden. Als ich 1981 auf der Werft in der Abteilung Kranreparatur anfing, bestand die reguläre Arbeitszeit aus acht Stunden.

Aber so gut wie niemand arbeitete nur acht Stunden. Jeden Tag wurden zwei Überstunden geleistet, also insgesamt zehn Stunden gearbeitet. Nur am Freitag gingen wir bereits nach acht Stunden nach Hause. Und die meisten von uns kamen auch noch Sonnabendvormittag für sechs Stunden. So besserten wir unseren Verdienst auf.

Es kam sogar vor, dass Leute abends nicht nach Hause fuhren, sondern in der Firma schliefen.

Sie lebten die Woche über in der Firma. Ok, wahrscheinlich fuhren diese Spezialisten auch in der Woche manchmal nach Hause, um irgendetwas zu besorgen oder sich um ihre Frau zu kümmern. Und dann gab es Leute, die die Woche über vor dem Werkstor in Wohnwagen und Wohnmobilen lebten und erst am Freitag nach Haus fuhren.

Durch diese lange Anwesenheit waren wir mit unserer Arbeit und der Werft wesentlich mehr verbunden als die Menschen, die heute dort arbeiten. Wir waren wirklich in unserer Arbeitswelt verwurzelt.

In der Kranreparatur wurden auch Nachtschichten geleistet, wenn in der Nacht etwas repariert werden musste. Das hieß, wir fingen morgens um sieben wie gewöhnlich an, wenn sich im Laufe des Tages die Notwendigkeit einer Reparatur herausstellte, gingen wir nicht um siebzehn Uhr dreißig nach Hause, sondern blieben einfach.

Da viele Kräne tagsüber gebraucht wurden, mussten wir sie nachts reparieren. Wir arbeiteten die ganze Nacht hindurch, bis neun Uhr am nächsten Morgen. Also sechsundzwanzig Stunden am Stück in der Firma. Mit den Überstunden- und Nachtzuschlägen lohnte sich das.

Natürlich arbeiteten wir nicht wirklich die ganze Nacht, meistens waren wir um zweiundzwanzig oder dreiundzwanzig Uhr mit unserer Reparatur fertig und legten uns dann aufs Ohr. Richtig schlafen konnte ich aber nie dort.

Nachts auf der Werft, im Hafen, das hatte immer eine besondere Atmosphäre, ich mochte diese Arbeitsnächte immer gern.

Auch später habe ich wie viele andere jede Überstunde mitgenommen, einmal des Geldes wegen, aber auch wegen – ja weshalb eigentlich? Jedenfalls gab es noch etwas anderes.

Auf eine Art war der Betrieb ein Zuhause, wir kannten jede Ecke in jeder Halle, alle Kais und Docks, sehr viele Kollegen, und fühlten uns dort gebraucht. Die Arbeitskultur war anders als heute. Wir kannten uns in unserem riesigen Betrieb gut aus, und die Arbeit war interessant. Sicher hängt das auch mit der damaligen guten Auftragslage zusammen, wir wurden tatsächlich gebraucht. Die Freizeit war natürlich knapp, aber was hätten wir in längerer Freizeit getan?

Genau, dann schon lieber einen Kran vernünftig reparieren oder eine Panzerwanne ordnungsgemäß befräsen.

Und Alkohol haben wir auch ab und zu im Betrieb getrunken, und wir wurden sogar noch bezahlt dafür!

Diese emotionale Verbundenheit mit der Arbeit, mit einem Betrieb, gibt es heute nicht mehr, ich jedenfalls kenne sie heute nicht mehr. Aber ich habe sie noch kennengelernt.

Ob es damals besser war? Das gute Geld, die wenige Freizeit? Ich glaube, das sind die falschen Fragen.

Jedenfalls war meine Arbeit, die Verbundenheit mit dem Betrieb immer eine bestimmte Konstante in meinem Leben, eine Kontinuität, die im Gegensatz zu dem Chaos in meinem sonstigen Leben stand.

Und nicht nur bei mir. Wir lebten viel mehr mit der Arbeit als die Menschen heute.

Hans an der Presse, der die Blechplatten richten musste, die sich beim Ausbrennen leicht verzogen, hatte sich direkt an seiner Presse eine gemütliche Sitzecke gebaut. Hier saß er bei seinem Frühstück und in seiner Mittagspause. Jahrelang richtete er Platten aus Panzerblech, war so gut und pfiffig darin, dass er seine Akkordprozente leicht und locker verdiente. Was war er draußen schon? Ein einfacher Arbeiter, der nichts zu sagen hatte. Aber hier im Betrieb, da war er etwas. Er kannte seine Presse und seine Arbeit aus dem FF. Irgendwann sah man ihn, wie er eine Hand an seine Wange drückte. Er meinte, er hätte Zahnschmerzen. Kurz danach starb er an Krebs. Rente bekam er nie. Wer erinnert sich heute noch an ihn und seine Arbeit? Leider gibt es keine Denkmäler für die alten Industriearbeiter. Sie waren wirkliche Helden. Ich selbst fühlte mich in den Hallen der Panzerfertigung mehr zuhause wie bei meiner Familie. Die Arbeit war auf eine merkwürdige Art gut. Dass ich mal einen Antrag auf Kriegsdienstverweigerung gestellt hatte, erzählte ich niemand, genauso wenig wie etwas über meine fünf Jahre in der Legion.

Und der andere Günter, unser Werkzeug-Einsteller. Ein trockener Säufer, hilfsbereit wie nur was. Ist als Rentner leider schwer krank geworden.

Unser Meister des Vorrichtungsbaus, Herrmann, der einen so weiten Arbeitsweg hatte. Er starb auch viel zu früh. Und die vielen anderen, die ehrliche Arbeit ablieferten.

Ich hatte oft Spätschicht und auch Nachtschichten. Ein Jahr lang arbeitete ich nur nachts. Ich hörte nachts gern Radio, wenn ich mit meiner Arbeit fertig war. Einmal spielten sie auf einem guten Sender „Luciano" von The Fall. Das Stück jagt mir heute noch kalte Schauer über meinen Rücken.

Später, bei der Arbeit im Büro, und auch heute noch, denke ich gern an die Jahre der Arbeit im blauen Arbeitsanzug zurück. Ein bisschen Nostalgie ist vielleicht auch dabei.

Denn die gewerbliche Arbeit war anders. Wir bearbeiteten Werkstücke, Material. Wir konnten unsere Arbeit sehen! Unser Arbeitsergebnis, fertige Panzerwannen zum Beispiel.

Heute, bei der Arbeit im Büro am Bildschirm, „sehe" ich meine Arbeit nicht mehr. Es gibt keine „Werkstücke" mehr. Es gibt Dokumente, die ich geschrieben habe, ok. Und wenn diese Dokumente von anderen gelesen werden, gibt mir das ein gutes Gefühl. Aber zu viel meiner Arbeit ist nicht sichtbar, das Arbeitsergebnis ist nicht so konkret vorhanden wie in früheren Zeiten. Wenn man von Anfang an so in die Arbeitswelt hineinwächst, kennt man es vielleicht nicht anders, aber ich bin eben in einer anderen Zeit unter anderen Umständen groß geworden.

Kleiner Kran

Diesen kleinen Kran bauten mein Kollege Egon und ich an einen Pfeiler in der alten Maschinenfabrik an. Er hängt immer noch dort, am Durchgang von der Mittelhalle zur hohen Halle. Für unsere Arbeit hatte man uns ein Gerüst gebaut. Der Pfeiler besteht aus Einzelteilen, die zusammengenietet wurden. Wir brannten ein paar Nieten mit einem Schweißbrenner heraus, vergrößerten die Bohrungen noch mit Hilfe einer riesigen pressluftgetriebenen Bohrmaschine auf die Größe der notwendigen Befestigungsschrauben. Da der kleine Kran etwas Abstand zum Pfeiler haben musste, wegen irgendwelcher Rohre oder Elektrokabel, mussten wir noch zwei Konsolen bauen. Dazu ließen wir uns im Schiffbau passende Platten ausbrennen, die ich zusammenschweißte. Und das ganz ohne Schweißprüfung.
Die fertigen Konsolen schraubten wir an den Pfeiler, daran dann den kleinen Kran. Das war Anfang der achtziger Jahre, und da hängt er immer noch.

Panzerwannen entgraten

Was tut man(n) nicht alles für die Familie, für Frau und Kinder …

Ja, denn ich hatte eine Frau gefunden, geheiratet und zwei Töchter bekommen. Die Ehe hielt leider nicht so richtig lange. Aber zu den Panzerwannen:
Eine Panzerwanne ist die Stahlhülle eines Panzers. Zusammengeschweißt aus dicken, auf verschiedene Art geformten einzelnen Stahlplatten. Natürlich aus sehr speziellen Panzerstählen, jedenfalls wenn es um den Panzer „Leopard 2" geht. Mit sehr hohen Chrom- und Nickel-Anteilen. Deshalb sind die Gase, die beim Schweißen dieser Schwermetalle entstehen, für den Schweißer sehr gefährlich. Einatmen sollte er diese nicht, sondern sie direkt beim Schweißen mit einer Art Staubsauger absaugen.
Die meisten Schweißer machten das auch.
Es war eine Serien-Produktion. Einzelne speziell geformte Platten wurden laufend aus riesigen Blechtafeln ausgebrannt, für das Schweißen vorbereitet, und eine Panzerwanne nach der anderen zusammengeschweißt.
Durch das viele Ausbrennen, Schleifen und Schweißen entstand ganz schön viel Lärm und Staub.
Zu guter Letzt wurden die fertig zusammengeschweißten Panzerwannen auf riesigen Fräsmaschinen, sogenannten Bohrwerken, auch noch mit glatten Flächen versehen.
Diese blankgefrästen Flächen dienten dazu, dass man später dort irgendetwas anschrauben konnte. Zum Beispiel den Motor des Panzers, den drehbaren Turm oder die Kettenräder.
An den Rändern dieser gefrästen Flächen bildeten sich beim Fräsen sehr scharfe Kanten, ein sogenannter Grat. Dieser Grat musste nach dem Fräsen beseitigt werden, die Kanten wurden abgerundet, so dass sich niemand daran verletzen konnte. Diese Tätigkeit nannte man entgraten. Für diese Arbeit waren bestimmte Mitarbeiter zuständig – und einer dieser Mitarbeiter war ich.
Ihr könnt euch vorstellen, dass es an einer Panzerwanne sehr viele befräste Flächen, kleine und große, gibt. Es dauert ganz schön lange, bis man eine Panzerwanne entgratet hat.
Dabei mussten die Panzerwannen zwischendurch von einem Kran gedreht werden, um dem Entgrater den Zugang zu allen gefrästen Flächen zu ermöglichen. Es war keine Arbeit, die besonders viel

Spaß machte oder den Intellekt forderte. Man arbeitete sehr viel gebückt dabei, war ständig dem Schleifstaub (entgratet wurde mit kleinen, pressluftgetriebenen Schleifapparaten) ausgesetzt und wenn man Pech hatte, gruben sich sehr feine scharfe Metallspäne in die Haut. Wahrscheinlich habe ich heute noch irgendwo ein paar Metallspäne im Körper.

Jedenfalls, wenn wir eine Panzerwanne fertig entgratet hatten, wussten wir, was wir getan hatten. Im Großen und Ganzen handelte es sich um eine recht einfache harte Arbeit, die in einer nicht gerade gesundheitsfördernden Atmosphäre ausgeübt wurde. Hinzu kam noch, dass wir damals in Schichten arbeiten mussten. Ich übte diesen Job ein paar Jahre aus.

Der Verdienst war nicht schlecht, und ab und zu konnte ich mein Gehalt noch mit Überstunden erhöhen. Überstunden hieß, dass ich auch am eigentlich arbeitsfreien Sonnabend Panzerwannen entgratete.

Ich frage mich, wer heute noch so eine Arbeit macht. Freiwillig jedenfalls keiner. Aber vielleicht gezwungenermaßen. Ja, es gibt Menschen, die ihr Einkommen mit sehr harter Arbeit verdienen müssen. Viele, die in einem modernen Büro arbeiten, können sich das nicht vorstellen. Vor allen Dingen können sie sich, wenn sie es selbst nie erlebt haben, nicht vorstellen, wie sich jemand fühlt, der Jahr für Jahr so hart arbeiten muss. Und all die gutsituierten Bürger, die gute Einkommen haben und in schönen Häusern wohnen, und sich so gern über Tierquälereien und Diskriminierungen von diversen Minderheiten aufregen – wann regen die sich über die Arbeitsbedingungen von Panzerwannen-Entgratern und anderen auf? Da könnt ihr lange warten …

Tja – und warum habe ich diese Arbeit getan? Weil ich damals keine andere Möglichkeit hatte, den Lebensunterhalt für meine Familie zu verdienen. Jedenfalls sah ich damals keine andere Möglichkeit für mich. Ich musste allein das Geld für unsere Familie verdienen, und wir brauchten jeden Monat genau das Geld, das ich mit dem Entgraten von Panzerwannen verdiente.

Was das Ganze für mich überhaupt soweit erträglich machte, dass ich es eben aushielt, waren die Kollegen, die genau in der gleichen Situation steckten. Ohne die gegenseitige moralische Unterstützung wäre es unerträglich gewesen. Danke noch mal dafür, ihr Lieben.

Eins habe ich noch vergessen: das Ausblasen. Denn nach dem Entgraten wimmelte es in der Panzerwanne noch von Metallspänen vom Fräsen und Schleifen. Diese mussten noch entfernt werden. Und zwar

von uns, den Entgratern. Dazu gingen wir mit einem Pressluft-
schlauch in und auf die Wanne und pusteten den Dreck hinaus. Vorher hatten wir noch eine komische Stoffkappe auf dem Kopf angezogen, eine Schutzbrille aufgesetzt und Handschuhe angezogen. Nach
dem Ausblasen hatten wir viele kleine Späne auf dem Arbeitsanzug, zum Teil auch auf der Haut. Die Späne lagen danach auf dem
Hallenfußboden, wo sie von einem Ausfeger zusammengefegt und
weggebracht wurden. Wenn wir fertig waren, konnten wir unsere Arbeit sehen – eine entgratete, ausgeblasene Panzerwanne.
Mein Gott, ich, eigentlich der sensible Künstler, bei so einer Arbeit!
Ich mach mir noch einen Glühwein …
Bei Menschen, die mit so einer Arbeit geschlagen sind, spielt der Alkohol natürlich eine besondere Rolle. Wie heißt es doch so schön:
„Vögeln und Besoffensein, das ist des kleinen Mannes Sonnen-
schein". Bei mir war es damals so. Jetzt natürlich nicht mehr, jetzt ist
es ja ganz anders! Hahaha, selten so gelacht.
Da fällt mir noch etwas ein. Wir arbeiteten ja in Schichten, Früh- und
Spätschicht. Am Freitag in der Spätschicht haben wir oft spät abends
gegrillt und Bier getrunken. Einmal hatte ich an einem Freitag mehr
getrunken als üblich, also ich war ziemlich betrunken. In meinem
Rausch wollte ich nach Schichtende, das war um 23 Uhr, noch in das
Grünspan gehen. Nach dem Motto: Auch in meinem harten Leben
muss ich doch einmal Spaß haben. Das Grünspan war und ist heute
vermutlich noch eine Rockdisco auf St. Pauli. Ich war dort früher, in
jungen Jahren, sehr oft. Ich torkelte also mit meiner dicken Arbeits-
tasche unterm Arm durch den alten Elbtunnel und anschließend
durch die Davidstrasse. Leider kam ich durch diese Straße nicht
durch, denn ich wurde von einer Frau abgefangen. Die Frau muss
meinen Zustand erkannt haben. Jedenfalls

– zensiert --

Natürlich ging ich nicht mehr ins Grünspan, danach fuhr ich nach
Hause und schlief meinen Rausch aus.
Vögeln und Besoffensein – aber nicht beides gleichzeitig. Was für
ein Leben damals, es bestand nur aus Alltag, aus Funktionieren wie
ein Automat. Hätte ich es ändern können? Ich glaube nicht. Und damals habe ich sowieso keine Möglichkeit gesehen. Später aber ging
es doch.
Nach ein paar Jahren als Entgrater konnte ich die Arbeit an einem

Bohrwerk übernehmen und die Panzerwannen befräsen. Diese Arbeit war körperlich nicht so anstrengend, auch etwas anspruchsvoller, weil man das Programm lernen und verstehen musste, mit dem diese Bearbeitungsmaschinen gesteuert wurden, und machte es auch Spaß? Genau weiß ich es nicht, vermute es aber; es war eine bessere Arbeit als das Entgraten, und ich denke gern an diese Zeit am Bohrwerk zurück. Einiges hat sich in mein Gehirn eingebrannt und fällt mir heute noch manchmal ein, zum Beispiel der Durchmesser der Bohrung für die vordere Umlenkrolle in der Leopard-2-Panzerwanne: 300 Millimeter. Und die Gewinde hinten am Antriebsflansch, war das nicht M22x1,5? Oder M20x1,5?

Aber wen außer mir in meinen sentimentalen Momenten interessiert das schon? Eigentlich will ich auch nicht, dass mir so etwas einfällt. Tut es aber

Vom Panzerwannen-Entgrater zum Fräser

Irgendwann waren nicht mehr genug fertig gefräste Panzerwannen zum Entgraten vorhanden, um uns vier Entgrater komplett zu beschäftigen.

Aber es mussten ja noch Löcher in Platten aus Panzerblech gebohrt werden, und es mussten noch gerade und schräge Kanten an Panzerbleche gefräst werden, als Schweißnahtvorbereitung.

So fand ich mich zunächst dann an einer Ständerbohrmaschine wieder, beim Löcher bohren. Und gleich danach an kleineren Fräsmaschinen, um Kanten an ausgebrannten Blechen zu befräsen.

Die Arbeit war zwar auch hart, und man war immer an die Maschine gebunden, als Entgrater hatten wir da mehr Bewegungsfreiheit, aber es war eine kleine Abwechslung nach dem vielen Entgraten.

Ich arbeitete mich schnell ein, denn es war im Grunde eine ebenso einfache Arbeit wie das Entgraten. Außerdem hatte ich ja eine gute Berufsausbildung in meinem Metallberuf genossen, so dass mir diverse damit verbundene Tätigkeiten leicht von der Hand gingen.

Irgendwie müssen meine Vorgesetzten meine Qualität wohl erkannt haben, denn nach einigen Monaten (oder Jahren) suchten sie mich für eine andere Tätigkeit aus. Ich durfte in der gleichen Halle Panzerwannen befräsen, an riesigen Bohrwerken. Keine schlechte Arbeit, mit mehr Verantwortung und auch mit etwas mehr Denken dabei.

Die Panzerwannen wurden auf riesigen Vorrichtungen festgespannt, und mit meiner Maschine fuhr ich zu den diversen Stellen, die befräst wurden. Dabei erzeugte ich dann den scharfen Grat, den ich früher als Entgrater beseitigt hatte.

Diese riesige Maschine war schon eindrucksvoll, mit ihren meterlangen Bearbeitungswegen und den großen schweren Fräsern. Und sie wurde von Programmen gesteuert, die wir mit Lochstreifen einlesen mussten. Das Programm wurde abgearbeitet, und wir beobachteten die Maschine, korrigierten auch Drehzahlen und Vorschübe dabei, mussten ab und zu etwas nachmessen. Zum Beispiel die dreihundert Millimeter große Bohrung für die vordere Panzerketten-Umlenkrolle. Wir hatten beim programm-gesteuerten Maschinenlauf aber manchmal auch zwischendurch Zeit, um in die Zeitung zu schauen oder die Kollegen in der Halle von unserem erhöhten Maschinenarbeitsplatz aus zu beobachten. Eine richtig bearbeitete Panzerwanne hatte natürlich einen großen Wert, und wir hatten die Verantwortung dafür. Und: Die Arbeit war nicht so schwer wie die an den kleinen Maschinen und schon gar nicht wie das Entgraten.

Ab und zu mussten wir auch andere Teile als Panzerwannen bearbeiten. Das waren sogenannte Lohnaufträge, die wir für andere Metallfirmen ausführten. So große Bohrwerke, mit denen man Bearbeitungswege in der Höhe von dreieinhalb Metern und in der Länge von zwanzig Metern fahren konnte, hatten nur sehr wenige Firmen in Hamburg.

Einmal bearbeiteten wir ein Getriebegehäuse für ein Stahlwalzwerk in China. Eine riesige Schweißkonstruktion, an der diverse Flächen gefräst und riesige Bohrungen ausgedreht werden mussten. Was für eine Arbeit. Diese Arbeit forderte uns wirklich voll. Es war verdammt schwierig, dieses Gehäuse umzuspannen, denn es musste von verschiedenen Seiten befräst werden und alles genau ausgerichtet werden. Und dann Bohrungen mit einem Durchmesser von sechs- bis siebenhundert Millimetern ausdrehen. Auf Bruchteile von Millimetern genau. An diesem Gehäuse arbeiteten wir zu zweit wochenlang. Ich habe einmal eine ganze Schicht nur ausgerichtet, also versucht, das ganze Teil nach einem Umdrehen ganz genau gerade festzuschrauben. Dazu benutzte ich mehrere Messuhren, an denen ich jede Bewegung des Teiles ablesen konnte.

Diese Lohnaufträge am riesengroßen Bohrwerk waren die Krönung meines gewerblichen Arbeitslebens, ich wuchs fast über mich hinaus. Wir arbeiteten dabei immer zu zweit, und mein Kollege Horst hatte viel mehr Erfahrung und auch mehr Selbstbewusstsein als ich. Hoffentlich habe ich mich nicht zu blöd angestellt. Ich weiß noch, dass ich einmal spät abends auf den falschen Knopf drückte und mit dem Fräser in eine Fläche hinein fuhr statt sie glatt zu fräsen. Da musste am Tag darauf ein Schweißer alles wieder zuschweißen.

Jedenfalls hat mir die Arbeit am großen Bohrwerk Spaß gemacht. Ich denke gern daran zurück. Auch an die Kollegen. Die Zusammenarbeit und der Zusammenhalt waren gut.

Unter uns konnten wir sicher sein, dass einer den anderen nicht übers Ohr haute. Es herrschte ein gewisses Vertrauen.

Das war später unter den Angestellten anders. Da konnte man niemand ganz trauen. Unter uns Gewerblichen wussten wir zum Beispiel immer gegenseitig, in welcher Lohngruppe jeder war. Wir haben offen darüber gesprochen. Bei meinen späteren Kollegen im Büro war das anders. Dort hat mir nie jemand erzählt, in welche Gehaltsgruppe er eingestuft ist. Da wurde ein Geheimnis daraus gemacht. Was ich komisch fand und nie ganz verstanden habe. Unter vier Augen hätte man doch ehrlich miteinander reden können.

Ochsentour I

1935, ein Gut in Pommern. Jetzt erzählt mal kurz mein Großvater.

Fünf Uhr morgens.
Mein Gott, ist es noch früh. Und der Wecker klingelt schon wieder.
Im Bett ist es so warm, weich und gemütlich. Und ich bin so müde.
Ich könnte sofort weiterschlafen. Draußen ist es noch dunkel so früh
morgens im November.
Aber ich muss aufstehen. Auch nach vierzig Jahren ist der frühe un-
freiwillige Abbruch des Schlafes immer noch hart. Und es wird immer schwerer aufzustehen, je älter ich werde.
Ein paar Minuten, in denen ich das Wiedereinschlafen bekämpfe,
bleibe ich noch liegen.
Die Frau schläft noch. Ich lass sie schlafen. Sie kann sich noch Zeit
lassen. Ich stehe mühsam auf, vorsichtig, um keine falsche Bewegung zu machen, die meinen Rücken verdrehen und überlasten
könnte. In meinem Schlafanzug gehe ich vorsichtig aus der Schlaf-
kammer heraus, immer noch in einer Art Halbschlaf. Die Tür lehne
ich vorsichtig an.
Erst in der Küche mache ich Licht. Ich merke, wie kalt es im Haus
ist. Ich schaue, ob im Herd noch Glut vorhanden ist, und da das der
Fall ist, lege ich kleine Holzstückchen und dann ein paar größere
Scheite darauf, so bringe ich das Feuer wieder in Gang. Etwas Holz
haben wir immer in der Küche. Ganz zum Schluss noch zwei Briketts
obendrauf.
So hat die Frau es warm, wenn sie aufsteht und in die Küche kommt.
Und ich mache mir Wasser für meinen morgendlichen Becher Ersatz-
kaffee damit heiß. Den Teekessel stelle ich direkt auf das Feuer im
Herdloch. Ich warte im Schlafanzug, bis das Wasser im Kessel heiß
genug ist, gieße es dann in meinen alten Emaillebecher, in den ich
etwas Pulver hineingeschüttet habe. Das Herdloch verschließe ich
wieder mit den Eisenringen, gehe mit dem Becher zum Tisch, setze
mich. Ich denke nichts, höre nur das Feuer im Herd und spüre schon
etwas die Wärme des Herdes. Jetzt wieder in das warme Bett und
wieder einschlafen, das wäre schön. Tausendmal gewünscht. Aber
die Tiere warten. Wenn ich eine halbe Stunde später als gewohnt
komme, brüllen die ersten schon.
Nach ein paar Minuten gehe ich mit dem Becher in den Vorraum. Hier
ziehe ich meine Arbeitskleidung an, eine dicke Hose, Socken, Stiefel,

einen sehr alten Pullover und eine dicke Jacke. Dabei trinke ich vorsichtig die heiße Flüssigkeit. Sobald der Becher leer ist, geht's auch schon nach draußen. In der Kälte bin ich sofort hellwach, atme tief die frische Luft ein.

Niemand ist zu sehen. Wer geht auch schon freiwillig zu so früher Stunde aus dem Haus. Ich pinkel auf unseren kleinen Misthaufen im Garten und gehe langsam zum Gutshof, schaue dabei in den Himmel, zu den wenigen Sternen und den langsam ziehenden Wolken. Die Bäume ohne Blätter sehen wie freundliche Phantasiewesen aus. Ich mag diese frühmorgendliche Atmosphäre im Dorf. Es ist ruhig und friedlich, und doch liegt schon der Beginn des neuen Tages in der Luft. Ich denke daran, wie viele Menschen so früh ohne etwas zu essen aus dem Haus gehen. Oder noch früher. Ich habe einen kurzen Weg zu meiner Arbeit, andere, auch Menschen aus unserem Dorf, müssen morgens noch kilometerweit mit dem Fahrrad fahren. Und das bei jedem Wetter, bei Regen, Schnee und Eis. Aber die sind auch noch jünger als ich.

Ich öffne die Stalltür und schalte das Licht an. Die Tiere sind schon wach. Einige liegen noch auf dem Stroh, andere stehen schon. Aber alle schauen mich an. Ob sie sich freuen, mich zu sehen? Ja, denn sie kennen mich und wissen, ich bringe ihnen ihr Futter. Jedes Tier ist an seinem Platz angekettet. Anders lassen sich die Ochsen nicht im Stall halten. Als erstes gehe ich zu meinem Lieblingsochsen und streichel und kratze seinen riesigen Kopf. Er freut sich darüber. Schade, dass Ochsen nicht lächeln können.

Ich weiß, dass er sich über mein Kommen freut. Denn wenn ich morgens unsere Begrüßung ausfallen lassen, brüllt er. Wir kennen uns schon seit der Zeit, als er noch ein kleines Kälbchen war und ich mich intensiv um ihn kümmerte. Denn er war als Kälbchen sehr schwach und brauchte besondere Hilfe. Seitdem sehen wir uns fast jeden Tag. Für die meisten Menschen, wahrscheinlich für fast alle, sind Ochsen nicht weiter erwähnenswert. Nutztiere eben. Ich weiß aus jahrzehntelanger Erfahrung, dass es auch sehr intelligente Ochsen gibt, dass sie unterschiedlich sind. Wie Menschen.

Was ich über die Ochsen denke, behalte ich aber für mich, ich rede nie darüber.

Zuerst kontrolliere ich die Wasserzufuhr zu den Trinkbehältern. Meistens ist alles in Ordnung, hat jeder genug Wasser. Das Wasser kommt aus einem großen Tank, der am Ende des Stalles steht. So ist es nicht zu kalt für die Tiere. Diesen Tank aufzufüllen ist manchmal bei Frost sehr schwierig für uns.

Im Stall ist es natürlich wärmer als draußen, meine Jacke ziehe ich gleich aus und später auch den Pullover. Am Ende des Stalles steht ein elektrischer Rübenschneider. Und mit dieser Maschine beginnt die Arbeit. Oben werfe ich Rüben hinein, unten fallen Rübenschnitzel in eine schräge Blechwanne. Die Rüben muss ich von draußen mit einer Schubkarre hereinfahren, die für den Morgen fahre ich aber immer schon am Abend vorher herein, so kann ich gleich anfangen, sie in den Rübenschneider zu werfen.

Früher, als wir noch keinen Strom im Stall hatten, mussten wir sie mit einem handgetriebenen Schneider zerkleinern. Da wurde hier aber immer zu zweit gearbeitet, sonst wäre die Arbeit nicht zu schaffen gewesen.

Die Rübenschnitzel schaufel ich in die Schubkarre und verteile sie in die Futtertröge. Bis ich die letzten der dreißig Mastochsen versorgt habe, haben die ersten Ochsen schon alles aufgefressen. Ich mache trotzdem eine kurze Pause, gehe ruhig durch die Mitte der Ochsenreihen und schaue, ob alles in Ordnung ist. Manchmal haben die Ochsen Schürfstellen von den Eisen oder Fliegenmaden in den Augenrändern. Die Schürfstellen schmiere ich mit einer Paste ein, und die Fliegenmaden entferne ich vorsichtig mit einem speziellen Holzstückchen, das ich genau dafür angefertigt habe. Das mache nur ich, wenn sich jemand anders um die Ochsen kümmert, geschieht das nicht. Ich weiß, dass die Ochsen gerade unter den Fliegenmaden leiden. Ich kenne sie lange genug.

Dann kommt der zweite Gang, Silage. Diese Arbeit ist noch schwerer, weil ich die Silage aus einem Vorratsbunker von draußen herankarren muss. Etliche Schubkarren voll mit schwerer Silage. Ich zähle die Schubkarren nicht mehr, bis jeder seine Portion bekommen hat. Früher habe ich meine Schubkarren schwerer beladen, jetzt muss ich an meinen Rücken denken.

Dafür aber öfter gehen.

Wenn das geschafft ist, muss ich den gröbsten Mist der Nacht noch herauskarren. Dazu nehme ich die Mistkarre. Ich transportiere nur den gröbsten Mist ab, was schwer genug ist, neues Stroh bekommen sie auch erst am Nachmittag.

Irgendwann ist es dann geschafft. Ich bin nassgeschwitzt, Das Licht kann ich ausschalten, denn es ist hell geworden. Die Ochsen mampfen zufrieden vor sich hin, und ich selbst spüre jetzt richtigen Hunger. Es ist kurz vor acht, als ich bei unserem Häuschen, in dem wir schon so lange wohnen, ankomme.

Unsere fünf Kinder sind hier groß geworden. Jetzt sind sie erwachsen, haben ihre eigenen Hausstände oder sind beim Militär. Meine Söhne haben mir früher, als sie noch zur Schule gingen, in den Ferien oft bei der Arbeit geholfen. Das war immer eine Erleichterung für mich. Ich ziehe meine Stallkleidung im Vorraum aus, hier hängt auch ein Waschbecken an der Wand, über dem ich mich etwas wasche. Mit eiskaltem Wasser, das wir vom Brunnen draußen mit Eimern hereinholen müssen. Dann ziehe ich meine Hauskleidung an und gehe in die warme Küche.

Sie hat schon alles vorbereitet, Spiegeleier und Brot, und heißen Tee. Richtigen Kaffee trinken wir nur am Wochenende. Ohne die Frau im Haus wäre alles viel schwerer zu ertragen.

Das wird mir immer wieder an den Tagen klar, an denen sie morgens für bestimmte Arbeiten zum Herrenhaus bestellt ist und ich mir mein Frühstück selbst zubereiten muss.

Wir reden nur wenige Worte. Nach dem Frühstück döse ich etwas ein, bis sie mir eine Hand auf den Arm legt sagt: „Komm, du musst wieder los."

Nachmittags um drei Uhr muss ich wieder zu den Ochsen, aber dann bin ich nicht allein, ich habe nachmittags immer einen Helfer dabei. Wir füttern sie ein zweites Mal, dabei bekommen sie auch noch zusätzlich als dritten Gang etwas Heu, wir säubern den Stall richtig, besser als am Morgen, bringen neues Stroh herein und holen schon Rüben für den nächsten Morgen in den Stall. Zwischen der morgendlichen und der nachmittäglichen Arbeit im Ochsenstall werde ich noch für andere Arbeiten eingeteilt. Im Winter meistens für die Holzbevorratung. Nur am Sonntag habe ich zwischen den Ochsenfütterungen frei, zwei Sonntage im Monat habe ich sogar ganz frei, dann müssen die Ochsen von anderen gefüttert werden.

Ochsentour II

1935, in Schleswig-Holstein. Mein anderer Großvater erzählt jetzt etwas.

Es dauert nicht lange, bis wir alles auf den Wagen geladen haben, unseren ganzen Hausstand. Denn so viel haben wir ja nicht. Unser Bett mit dem Bettzeug, das Kinderbett, das ich selbst gezimmert habe, die Wäsche, ein Schrank, eine Kommode, ein Tisch mit vier Stühlen, zwei schon etwas abgescheuerte Sessel, ein Regal, mein Werkzeug, und ihr Kochgeschirr, Töpfe, Krüge, Schüsseln, Teller, Geschirr. Die Papiere und die Bücher. Und unsere Lebensmittelvorräte. Unser ganzer Besitz passt gut auf den Wagen, mit dem ein uns wohlgesonnener Arbeiter uns zu unserer neuen Arbeitsstelle fährt. Er hat von seinem Bauern, mit dem er sich gut zu verstehen scheint, die Erlaubnis bekommen, uns an diesem Sonntag mit den beiden Pferden und dem Heuwagen zu transportieren.

Ich verabschiede mich nicht. Es ist ja alles besprochen, und meine Arbeitspapiere habe ich. Aber sie geht noch einmal hinein und redet ganz kurz mit unseren Ehemaligen. Sie wäre gern noch länger geblieben.

Also wieder in ein anderes Dorf. Zu einem anderen Bauern, bei dem wir arbeiten werden. Ich wieder als Melker, wieder für die Milchkühe verantwortlich. Und die Frau muss mitmelken und bei der Ernte helfen. Der Wagen rumpelt über die gepflasterte Straße, später über sandige Feldwege.

Die Frau sagt nichts, die ganze Zeit. Ich weiß ja, wie enttäuscht und verärgert sie ist. Sie möchte gern einmal für länger an einem Ort bleiben, sich einrichten und heimisch werden. Nachbarn kennen, am Sonntag durchs Dorf gehen und die Menschen grüßen. Aber wir müssen nun wieder fort, weil ich mich mit dem Bauern zerstritten habe. Wie oft haben wir unsere Stelle gewechselt, weil es mir nicht mehr gefiel oder weil ich nicht mehr damit klar kam, Befehlen zu gehorchen. Sie will unser Nomadenleben nicht mehr. Längstens waren wir drei Jahre an einer Arbeitsstelle. Es ist so schwer, den Mund zu halten und den Ärger herunterzuschlucken.

Ich bin ja bereit, meine Arbeit zu machen. Aber warum lassen sie mich nicht in Ruhe meine Arbeit machen, ohne mir da hereinzureden? Ich habe das Herdbuch geführt, Kühe zu passender Zeit zum Bullen gebracht, gefüttert, gemolken, die Milch gut verarbeitet, die Kälber aufgezogen, alles. Und es lief alles gut, die Kühe sahen gut aus, die Milch war gut, alles war in Ordnung. Und dann kommt der Herr des Hauses und mäkelt herum. Erst habe ich nichts gesagt, in der Hoffnung, das hört wieder auf. Hörte es aber nicht. Es wurde immer schlimmer. Dabei verstehe ich vom Milchvieh viel mehr als er, und das passte ihm nicht, dass sein Arbeiter mehr wusste als er. Ich habe ihn sogar gebeten, dass er mich doch in Ruhe arbeiten lassen sollte, ich würde es schon allein machen, wie das ganze erste Jahr. Seine Antwort war: „Wieso? Das ist doch mein Hof und mein Vieh." Naja, ich machte weiter so, wie ich es für richtig hielt, und er schrie herum. Eines Tages sagte ich es ihm direkt: „Du kannst hier herum schreien wie du willst. Ich arbeite, wie ich es will, fertig. Was verstehst du denn schon vom Milchvieh?" Mit rotem Kopf lief er davon. Abends kam dann seine Frau und gab uns die Kündigung. Ja, und es stimmt, ich verstehe viel mehr von der Arbeit als er.

Aber es gehört alles ihm. Wir selber haben nur das, was jetzt alles auf dem Wagen liegt.

Unsere Kleine sitzt zwischen uns, kuschelt sich bei mir an. Gern hätte ich mehr Kinder gehabt. Ein Sohn – das wäre schön gewesen.

Irgendwie läuft es bei jeder Arbeitsstelle immer auf den gleichen Ärger hinaus. Meine Frau hat mir schon vorgeschlagen, in einer Fabrik zu arbeiten, bei der LMG in Lübeck hätte ich anfangen können. Aber ich wäre dort immer drinnen gewesen, in einer Halle. In der Landwirtschaft bin ich meistens im Freien, draußen, und mit den Tieren zusammen. Und das gefällt mir. Einige Landarbeiter haben auch bei der Flender-Werft angefangen.

Ich hätte bei Wind und Wetter eine Stunde mit dem Fahrrad zur Arbeit fahren müssen. Vielleicht hätte ich die Stelle doch annehmen sollen. Richtig gut gefallen hat es mir damals, als ich zwei Jahre zur See fuhr. Das war gut. Gutes Essen, eine eigene kleine Kammer, und ich konnte zum ersten und einzigen Mal etwas Geld sparen. Aber dann wurde ich zur Kriegsmarine eingezogen und es war vorbei mit der schönen Seefahrt.

Und nach dem Krieg war es nichts mehr mit der Handelsmarine, so fing ich bei einem Bauern an. Es gab bei der Arbeit in der Landwirtschaft immer genug zu essen, zu hungern brauchte ich nie, auch wenn das Essen manchmal nur aus Kartoffeln mit Butter bestand. Und die Arbeit machte mir auch Spaß. Bei jedem Wetter draußen an der frischen Luft, und mit den Tieren zu arbeiten war auch gut.

Aber ich war jung, und irgendwann gab es Ärger. Erst mit anderen in meinem Alter aus dem Dorf, Bauernsöhne, und dann mit meinem Bauern. Die Bauern hielten alle zusammen, und der Ärger begann, als ich einem frechen Bauernsohn im Streit einen Faustschlag verpasste. Langsam rumpeln wir auf die neue Hofstelle. Unsere neue Unterkunft ist eine kleine Wohnung in einem großen Stallgebäude. Lange hat hier schon niemand mehr gewohnt, und so sieht es auch aus. Hier ist noch einiges zu tun. Die Wände brauchen frische Farbe.

Die Frau schüttelt leicht den Kopf. Sie ist sehr enttäuscht, und das tut mir weh. Wie schön wäre es, wenn wir einmal für eine lange Zeit eine gute Wohnung hätten.

Der Bauer und seine Frau begrüßen uns mit Handschlag. Sie sind freundlich und laden uns in ihre Küche ein, zu belegten Broten und einem Schnaps. Viel reden wir nicht, denn unser Fahrer ist ungeduldig, er muss wieder los, denn es ist schon später Nachmittag, und so laden wir ab, tragen alles hinein. Dann verabschieden wir uns.

Als erstes heize ich den Küchenherd an. Mit der Wärme wird es gleich gemütlicher. Wir stellen die Betten auf und die restlichen Möbel. Die Kleine geht nach draußen und sieht sich vorsichtig um. Für sie ist es auch nicht einfach, denn sie muss hier in eine neue Schule gehen. Als wir allein in der Küche stehen, fragt meine Frau: "Wie lange willst du hier denn bleiben?" Das hätte sie sich sparen können. Ich weiß ja, wie enttäuscht sie ist, aber deswegen braucht sie trotzdem nicht noch Öl ins Feuer zu gießen. Mir gefällt es doch auch nicht, dass wir so oft umziehen. Für mich allein wäre es mir egal, ich komme schon zurecht. Aber für meine Beiden tut es mir weh. Die Kleine will doch auch bei den anderen Kindern bleiben, die sie kennt. Ich sage nichts dazu, es wär sowieso verkehrt. Und ein Streit jetzt würde auch nichts nützen, jetzt sind wir hier und müssen das Beste daraus machen. Und wenn es wieder nicht klappt, suchen wir uns eben wieder etwas anderes. Schön wär nur, wenn wir dazu einmal mehr Zeit hätten.

Wir kramen noch ein bisschen herum, sind eigentlich schon fast fertig mit unserer Einrichtung, dann geht es auch schon ins Bett.

Am nächsten Morgen stehe ich schon zur ersten Fütterung und zum ersten Melken früh auf.

Der Bauer ist mit dabei, und danach zeigt er mir den Hof und das Land. Es ist alles schon alt, aber noch einigermaßen instandgehalten. Die Herde ist auch nicht so groß wie auf meiner letzten Stelle, so dass ich alles gut schaffen werde. Ich frage noch nach weißer Farbe für unsere Räume, und er hat noch genug. So kann ich am Vormittag noch schnell die Wände malen. Der Anfang ist jedenfalls gut. Vielleicht gewöhnt sich die Frau ja auch ein. Aber wenn es wieder nicht klappt, gehe ich vielleicht doch in eine Fabrik. Bei der Werft in Kiel suchen sie jetzt auch wieder Leute.

Eine feste eigene Wohnung, das wär schon etwas. Aber ich würde mich in einer Stadtwohnung eingesperrt fühlen, ich kann dort nicht einfach aus der Wohnung heraustreten und über Feldwege, Wiesen und Waldwege gehen. Und ob das Leben in der Stadt der Frau gefällt? Ich kann mich einfach nicht entscheiden, und so machen wir immer so weiter, wie wir es bisher gewohnt sind, wie wir es kennen. Ich hoffe, dass der Streit nicht noch größer wird, und wir es irgendwann doch noch schaffen, sesshaft zu werden.

Es ist auch schön, wenn die Kühe an Sommerabenden nach dem Melken zufrieden wiederkäuend im Gras liegen, die Arbeit beendet ist, und ich, an einen Zaunpfahl gelehnt, sie betrachte und mir dabei meine Pfeife schmecken lasse.

Ich kenne sie immer alle mit ihrem Namen, und ich weiß, wer sich gut versteht und wer nicht, ob und wie viele Kälber sie bekommen haben, wer tragend ist, wie gut sie Milch geben.

Ja, ich kenne sie so gut wie kein anderer. Aber sie gehören nicht mir, ich bin nur der Arbeiter, der sich um sie kümmert. Dieses Arbeitsleben kenne ich. Ob ich noch einmal etwas anderes anfange? Ich weiß es nicht.

Metallindustrie, oder Ochsentour III?

Morgens früh um kurz vor sieben öffne ich die Stahltür und trete ein. Umgezogen bin ich schon, trage meinen blauen Arbeitsanzug. Noch Zeit genug, um anzustempeln. Das heißt, die Stempelkarte in die Stechuhr zu drücken und die Uhrzeit darauf zu drucken. Wenn man spät dran ist, was bei mir selten vorkommt, kann man auch in normaler Kleidung stempeln und sich danach umziehen. Auf den persönlichen Stempelkarten werden die Anwesenheits-Zeiten jeweils eines ganzen Monats abgebildet und so kontrolliert.

Wenn man angestempelt hat, wird die Zeit ab offiziellem Arbeitsbeginn bezahlt. Ich trete in die große Halle ein. Wie oft kam ich durch diese Tür. Jahre!

Grüße Kollegen, bemerke den vertrauten Geruch nach Öl und Metall, den ich gern in der Nase habe. Die Tasche mit der Zeitung und dem Frühstücksbrot am Tisch abgestellt, ein Kaffee aus dem Automaten in die Hand.

Es gibt einen Aufenthaltsraum mit Tischen und Stühlen außerhalb der Halle, wir bleiben aber in den Pausen in der Halle, in unserer kleinen selbstgebauten Ecke mit Tisch, Stühlen und Kühlschrank.

Ein kurzer Schnack mit Kollegen: „Ey du Sack, hat deine Frau dich heute Morgen auch wieder rausgeschmissen?", „Moin, Günter, wie gehts'?", „Moin, jetzt geht die Scheiße wieder los, was ...", und „Hast du den HSV gesehen? Das Tor von Hrubesch kurz vor Spielende?" „Oh ja, geiles Tor. Hrubesch ist wirklich ein Brecher." Und: „Na, alles klar?" Ja, und es ist alles klar.

Dann gehe ich zur Maschine. Ich arbeite allein an einem riesigen Bohrwerk. Schalte die Maschine ein und schaue, wieweit mein Kollege in der Spätschicht gestern Abend gekommen ist, und überlege, was ich jetzt als Nächstes machen muss. Wir bearbeiten riesige Teile, an denen wir lange zu tun haben. Oft kommt unser Werkzeugeinsteller gleich morgens vorbei und fragt, ob wir noch etwas brauchen. Er liefert uns die Bohrer und Fräsköpfe, misst sie aus und hält sie instand. Die Maße der Fräswerkzeuge müssen wir per Tastatur eingeben oder mit Hilfe eines Lochstreifens einspielen, damit das Programm sie verrechnet. Er hat früher selbst am Bohrwerk gearbeitet und kennt die Arbeit besser als ich.

Wegen Alkoholproblemen ist er nicht mehr am Bohrwerk. Er heißt auch Günter und ist ein richtig sympathischer Kerl. Die alte Generation, mit vierzehn oder fünfzehn in die Lehre und das ganze Leben gearbeitet. Träume hatte er früher auch, er hat mir mal erzählt, dass er als junger Mann einmal nach Venedig getrampt ist. Dann geheiratet, ein Haus gebaut, Kinder bekommen. Und immer gearbeitet, dazu noch viele Überstunden. Von der Arbeit dieser Generation nach dem Krieg profitieren die neuen Managergenerationen heute immer noch, die das Ganze jetzt verscherbeln.

Diese Arbeit allein am Bohrwerk macht mir Spaß. Ich kann völlig selbstständig arbeiten. Niemand redet mir in meine Arbeit rein. Nur wenn ich ausnahmsweise mal auf den falschen Knopf drücke, mit einem Fräser direkt in das Werkstück fahre und dann ein Schweißer kommen muss, um alles wieder zuzuschweißen, gucken einige Leute komisch. Kam aber selten vor.

Da die Maschine programmgesteuert ist, läuft sie meistens allein. Ich muss sie nur beobachten, kontrollieren, ab und zu etwas nachmessen und die Werkzeuge wechseln.

So hält sich die körperliche Belastung in Grenzen. Und da die Maschine fast drei Meter in die Höhe fahren kann, habe ich meistens einen guten Blick in die Halle.

Richtig harte Arbeit ist es, wenn ich die riesigen Werkstücke aufspannen muss. Bei den großen Teilen, die wir bearbeiten, ist das Aufspannen und Ausrichten eine Wissenschaft für sich. Als wir einmal ein Getriebegehäuse für ein Walzwerk in China bearbeiteten, habe ich einmal in einer ganzen Schicht nur ausgerichtet. Was für eine Arbeit, hier ein bisschen gedrückt, dort verschoben, und immer wieder gemessen. Denn das ganze riesige Gehäuse arbeitete und verzog sich ständig. Langsam näherte ich das Gehäuse an die richtige Stellung an.

Als ich bei diesem Teil eine große Bohrung mit circa sechshundert Millimetern Durchmesser ausdrehte, wurde in der Mitte der Drehmeißel stumpf. Was für ein Stress, die erste Hälfte der Bohrung war gut, Oberfläche und Maß in Ordnung, und dann bildeten sich auf einmal dicke Riefen. Was kann man in so einer Situation tun? Entweder stoppt man die Maschine oder man lässt sie weiterlaufen. Fragen kann man niemand. Ich ließ sie durchlaufen und versuchte, die Riefen mit einer Handschleifmaschine zu glätten. Es sah danach sehr bescheiden aus.

Die Arbeit stand im Mittelpunkt. Die Arbeit, auf die wir, ich jedenfalls, auch etwas stolz waren. Ja, wir Arbeiter hatten auch eine emotionale Beziehung zu unserer Arbeit, die einen mehr, andere weniger. Ich war auch etwas stolz, wenn ich ein beindruckend großes Werkstück richtig bearbeitet hatte. Denn das war keine einfache Arbeit.

Frühstück war morgens um neun. Ich trank dann gern Buttermilch, aß dazu meine Brote. Wir saßen zusammen an unserem Tisch, lasen

Zeitung, geredet wurde viel über Fußball.

Andere arbeiten in anderen Hallen, oder waren es Kathedralen? Kirchen der Metallindustrie?

Diese Arbeit am Bohrwerk war jedenfalls die Krönung meines Arbeiterlebens.

Die vielen Spätschichten. Bis 23 Uhr. Die letzten zwei oder eineinhalb Stunden verbrachten wir mit Skatspielen, am Freitag in der Spätschicht wurde abends gegrillt und Bier getrunken. Bei gutem Wetter saßen wir abends spät am Kai, schauten übers Wasser.

Nachts im Hafen – die Atmosphäre mochte ich immer gern.

Ein Jahr lang arbeitete ich nur Nachtschichten, das ging von 23 Uhr bis 6 Uhr morgens. Dabei waren wir in der Regel zu zweit. Als mein Kollege sich einmal krankmeldete, war ich allein.

Ein merkwürdiges Gefühl, die ganze Schicht nachts allein in einer riesigen Halle zu verbringen. Zum Glück hatte ich ein Radio dabei. Und ich konnte mich trotz der kurzen Schicht auch morgens immer noch zwei Stunden hinlegen, da meine Kollegen der beiden anderen Schichten am Tag netterweise immer etwas für mich vorarbeiteten.

Als Schlosser in der Kranreparatur war es auch gut. Damit hatte meine Arbeit auf der Werft begonnen. Wir konnten uns auf dem ganzen riesigen Werftgelände frei bewegen, kamen überall hin, denn wir reparierten und warteten die Kräne auf dem ganzen Gelände. Und viele Überstunden waren dabei. Jeden Tag zwei Stunden Mehrarbeit, also insgesamt statt acht zehn Stunden Arbeit, und dann zusätzlich auch noch Sonnabend bis mittags um eins.

So konnte man als Arbeiter richtig viel Geld verdienen, für unsere Verhältnisse richtig viel.

Und es gab im Betrieb viel zu sehen, interessante Produkte. Equipment für die Offshore-Ölförderung, riesige Kessel für Kraftwerke, Schweißmaschinen, Schiffsdiesel. Dann die Schiffe, die zur Reparatur kamen. Und ab und zu wurden sogar neue Schiffe gebaut, meistens Marineschiffe.

An einem Sonnabend war nur ich es aus meiner Kranreparatur-Abteilung, der Überstunden machte. Auch auf der Werft war es sehr ruhig. Ich musste mit unserer Arbeitsbühne zwei Reiniger in die Höhe fahren, die einen Hallenkran entstauben und abwaschen sollten. Ein ruhiger Sonnabend auf der Werft. Mittags fuhr ich mit meinem Fahrrad quer über die Werft zu unserer Werkstatt und unseren Umkleideräumen.

Eine Frau kam mir zu Fuß entgegen. Ob das eine Prostituierte war, die hier irgendwo auf einem Schiff gearbeitet hatte? Und sie guckte mich auch noch direkt an. Sie sprach mich aber nicht an. Ein anderes

Mal hatten wir gleich morgens Whisky-Cola getrunken. Den Anlass weiß ich nicht mehr. Noch nichts gegessen, aber Whisky-Cola. Ballantines. Irgendwann konnte ich nicht mehr, ich schlich in ein leeres Büro und legte mich dort auf einen Schreibtisch, mit meiner zusammengerollten Arbeitsjacke als Kopfkissen, und versuchte zu schlafen. Dämmerte in meinem Rausch aber nur so vor mich hin. Mein trinkfester Kollege Egon machte sich irgendwann Sorgen, befürchtete, ich wäre über die Kaikante ins Wasser gefallen.

Er fing an, mich zu suchen, auch in dem alten Bürohaus. Er schrie irgendwo meinen Namen, ich hörte es von fern, reagierte aber nicht, behielt die Augen geschlossen und grinste vor mich hin. Sollte er doch weitersuchen. Kurz vor der Mittagspause stand ich benebelt auf und trottete zu unserer Werkstatt. Egon war etwas sauer auf mich. „Mensch, wo warst du denn? Ich hatte schon Angst, dass du in die Elbe gefallen bist. Ich wollte dich schon bei der Feuerwehr melden!" Bei der Werksfeuerwehr melden, als Verschwundenen. „Und wir sollen heute noch einen Kran reparieren, scheint eilig zu sein." „Mensch hör' auf, ich reparier doch heute keinen Kran mehr. Ich geh' heute keine Leiter mehr rauf." Egon meldete unserem Vorarbeiter anschließend, dass wir die „eilige Kranreparatur" schon mal vorbereiteten, was bedeutete, dass wir uns den Rest des Tages an Kaffeeautomaten herumtrieben.

Wer jemals am frühen Morgen mit völlig leerem Magen eine halbe Flasche Ballantines mit Cola getrunken hat, kann vielleicht verstehen, wie „müde" ich an diesem Vormittag war.

Jedenfalls war ich den weitaus größten Teil meiner wachen Tageszeit im Betrieb. So ging es vielen damals, und es war nicht schlecht. Oder doch? Ich weiß es nicht. Der Betrieb war mehr unser zu Hause als unser privates Heim. Diese alte Industrie- und Arbeiterkultur gibt es heute nicht mehr, jedenfalls nicht in Deutschland. Heute ist alles perfekt durchorganisiert, sauber und alkoholfrei.

Und wer identifiziert sich heute noch so mit seinem Betrieb wie wir damals im Hafen? Die Schichtwechsel später in der Panzerwannen-Fertigung schlauchten natürlich schon. Den Tagesrhythmus immer zu ändern, scheint nicht so gesund zu sein. Jahre später, als ich längst mit Normalarbeitszeit im Büro arbeitete, erzählte mir ein Kollege, der mich lange kannte, ich hätte damals ein bisschen „fertig" ausgesehen. Ob er sich da getäuscht hat?

Endlich Karriere

... an den Schreibtisch

Vom Entgraten der Panzerwannen wurde ich irgendwann erlöst, durfte in der gleichen Halle Panzerwannen befräsen, an riesigen Bohrwerken.

Keine schlechte Arbeit, mit mehr Verantwortung und auch mit etwas mehr Denken dabei. Für mich damals war es eine gute Arbeit.

Dann gab es ein Weiterbildungsprogramm für Werftarbeiter, und ich meldete mich dazu.

Ich konnte im Rahmen dieses Programms eine zweijährige Fachschule besuchen und einen Abschluss als Maschinenbautechniker erlangen. Und das auch noch mit einer guten finanziellen Unterstützung. Sonst hätte ich es nicht machen können, schließlich musste ich meine Familie ernähren, also das Geld für Miete, Kleidung, Essen und sonstige Dinge heranschaffen.

Ein kleines Problem gab es dabei: Der Leiter meiner Abteilung wollte mich nicht gehen lassen, da ich am Bohrwerk eingearbeitet war und es in der Abteilung keinen gab, der meine Arbeit übernehmen konnte. Sagte er jedenfalls. Zum Glück hatte ich die Unterstützung eines engagierten Mitarbeiters der Personalabteilung. Er versprach, einen Ersatz für mich zu finden.

Und er schaffte es tatsächlich. Ein junger Mann, der bei uns eine gewerbliche Ausbildung absolviert hatte und danach ein Studium begonnen hatte, wollte dieses abbrechen und fragte just in dem Moment nach einem Wiedereinstieg als gewerblicher Mitarbeiter als ich aufhören wollte.

Er übernahm dann meine Arbeit am Bohrwerk.

Ein wirklich großes Glück für mich. So konnte ich mich zwei Jahre lang an einer Fachschule weiterbilden.

Was wäre aus mir geworden ohne diese Unterstützung? Ich wage es mir ausnahmsweise nicht vorzustellen.

Mit Beendigung der Technikerschule im Jahr 1990 wollte ich nicht wieder auf der Werft anfangen, ich wäre gern in einem anderen Unternehmen angefangen. Bewarb mich auch, stellte mich vor, wurde aber nicht eingestellt. Und es stellte sich auch noch heraus, dass ich als Einstiegsgehalt noch nicht einmal das bekommen hätte, was ich schon als gewerblicher Werftmitarbeiter bekommen hatte. Also wieder zur Werft. Dort hatte ich zwar noch einen Anspruch auf einen Arbeitsplatz, aber nicht auf einen Büroarbeitsplatz. Und das hieß erst einmal: Wieder im blauen Arbeitsanzug Löcher in Platten aus Panzerstahl zu bohren! Als frisch ausgebildeter Maschinenbautechniker ein halbes Jahr lang. Machte mir aber nicht so viel aus.

Dann konnte ich in ein Büro wechseln und Angestellter werden. Ein eigener Schreibtisch in einem Büro. Wenn man vorher nur handwerklich im Metallbereich gearbeitet hat, war das schon ein kleiner Schritt in eine andere Welt. Es war schon ein anderes Gefühl, am Schreibtisch zu sitzen, zu telefonieren, an Besprechungen teilzunehmen, die Arbeit der gewerblichen Mitarbeiter zu planen und zu organisieren. Wobei meine eigentliche Arbeit, zu planen und die realen Ergebnisse zu verfolgen, jetzt nicht gerade weltbewegend war. Richtig gefordert wurde ich, wenn irgendetwas nicht wie geplant klappte, und das war sehr oft der Fall. Entweder fehlten Arbeitsunterlagen oder Material, oder es wurden Arbeiten zu spät begonnen und zu spät fertig. In solchen Fällen traten wir „Kümmerer" in Aktion und versuchten, das Schlimmste zu verhüten.

Im Büro hatten jeder ein Terminal, also nur Tastatur und Bildschirm, verbunden mit einem Großrechner. Die PC's wurden erst später eingeführt.

Es gab nach einer bestimmten Zeit einen Gewöhnungseffekt, wie immer, wenn etwas ehemals Neues zu Alltäglichem wird und die intensive Lernphase vorbei ist.

Es war aber der erste Schritt vom Facharbeiter zum Angestellten.

Durch Veränderungen im Unternehmen wurde ich nach ein paar Jahren gezwungen, mittels einer innerbetrieblichen Bewerbung in einen anderen Bereich zu wechseln. Dort blieb ich dann bis zum Ende.

Es hat ihm gut gefallen …

Mir aber nicht so ganz.

Gut zwanzig Jahre arbeitete ich im Hauptverwaltungsgebäude. Ja, so nannte sich das mehrstöckige traditionelle Bürohaus. Hauptverwaltungsgebäude. Weit weg von der Fertigung, der gewerblichen, handwerklichen Arbeit. Kein Dreck, kein Schmutz, kein Lärm und keine Hitze und Kälte mehr für mich bei meiner Arbeit. Aber auch weniger Ehrlichkeit, Herzlichkeit, Leidenschaft und Emotion. Bequeme Arbeit auf einem Bürostuhl am Schreibtisch. Eine andere Arbeitswelt. Leichter, sauberer, sehr weit weg von der Produktion, mit viel Papier und später mit viel EDV.

Als ich im Bürogebäude anfing, musste ich erst einmal lernen, mich anzupassen. Denn als erstes fiel mir auf, dass ältere Kollegen von morgens bis zum Feierabend fast ununterbrochen Privatgespräche führten. Das war für mich sehr ungewohnt. Ich fand es auch zunächst ungerecht den Arbeitern gegenüber, die sich wirklich abrackern mussten, um ihr Geld zu verdienen. Hier saßen hochbezahlte Angestellte, die ihre eigentliche Arbeit routiniert nebenbei erledigten, alles Mögliche durchdiskutierten und betratschten. Von Politik über Büroklatsch bis zu Privatangelegenheiten. Das erinnerte ein bisschen an die früheren Zigarrendreher in Hamburg, die sich während der Arbeit etwas vorlesen ließen. Einer meiner ersten Gedanken war: Wenn die Arbeiter wüssten, wie leicht hier ein gutes Gehalt zu verdienen ist, wären sie bestimmt sauer.

Aber mein Gefühl für ehrliche Arbeit war nicht so stark, um gegen das Werftbeamtentum zu protestieren. Ich war auch froh, diesen Job zu haben und gewöhnte mich langsam ein, lernte auch viel dazu und konzentrierte mich emotional mehr auf meine Freizeit, in die ich aufgrund der bequemen Arbeit wesentlich mehr Energie stecken konnte als in früheren Zeiten.

Und dann der „Basartisch". Das war eine Arbeitsfläche im Großraumbüro aus vier Schreibtischen mit vier Kollegen, an denen man vieles kaufen konnte. Von günstigen Orangen bis zu Autos. Ja, die Kollegen konnten alles besorgen. Einer handelte privat mit Gebrauchtfahrzeugen, aus Termingründen musste er schon mal manche Geschäfte während seiner Arbeitszeit bei uns erledigen („Das Auto ist wirklich werkstattgepflegt, und das sage ich nicht nur so daher."); ein anderer mit den Produkten eines verwandten Gemüsehändlers („Es gibt wieder Kisten mit sehr billigen Orangen, beste Ware, Leute."). So wurde für

Unterhaltung im Büro gesorgt und der eine oder andere Handel getätigt.

Leider wurde das Basartisch-Personal während einer Krise stark ausgedünnt, das war das Ende der Geschäfte.

Durch diese langjährige Angestelltentätigkeit stabilisierte sich mein Leben, ich wurde von der Arbeit nicht mehr so aufgefressen wie früher, ging nicht mehr müde und erschöpft durch das Werkstor nach Hause, sondern relativ ausgeruht. Ich konnte meine Schulden abbezahlen, sogar noch Geld sparen, mich im Rahmen meiner Möglichkeiten um meine Kinder kümmern und mich auf meine Hobbys konzentrieren. Und ich bewältigte mein privates Chaos, meine katastrophale Scheidung, die diversen Wohnungswechsel. Die Arbeit war immer das Kontinuum in meinem Leben, das mir auf eine Art den Rücken stärkte, um alles andere zu bewältigen. Ja, ein kleines relativ sicheres Angestelltendasein. Fast ein Beamtendasein, die Angestellten der Werft hießen in früherer Zeit ja sogar „Werftbeamte".

Ein Berufsleben ohne große Veränderungen, große Ereignisse, leidenschaftlichen Einsatz.

Man tat, was man tun musste, und das war ziemlich leicht zu ertragen. Meistens jedenfalls.

Und damit es nicht zu langweilig wurde, engagierte ich mich sogar das eine oder andere Mal über das Notwendige hinaus. Ich bildete mich auch noch weiter, privat nach der Arbeit und firmenintern, besuchte viele Kurse.

Regelmäßig und pünktlich zur Arbeit kommen, sich auf das Wochenende und den Urlaub freuen, auf Abende mit der neuen Frau; so verging die Zeit. Jahre in relativer Sicherheit, mit bescheidenem Lebensstandard. Ich konnte mir einen Schrebergarten anschaffen, ein kleines Auto kaufen, Urlaubsreisen machen. Ein typisches kleines Mittelstandsleben. Warum auch nicht, wenn man wie ich auch schon anderes kennenlernen musste, wenn man wie ich früher arbeitslos in billigen Zimmern vor sich hinvegetieren musste, dann weiß man dieses kleine Mittelstandsleben eben zu schätzen. Aber andersherum war es auch schon etwas anderes, abends in der Wüste in einem Camp nach einem Tag mit stundenlangen Patrouillenfahrten auf einer Liege zu entspannen und in den Sternenhimmel zu schauen.

Alles hat eben immer Vor- und Nachteile. Auch eine bequeme Arbeit.

Das eigentlich Schwierige bei dieser Arbeit der langen Angestelltenjahre war für mich am Anfang der vielen Jahre die Kommunikation.

Was sicher nicht überraschend ist. Denn die hatte für Angestellte einen anderen Stellenwert als für Arbeiter. Aber auch daran gewöhnte ich mich. Gewohnheiten, ja, zuviel Gewohnheiten sind allerdings nicht gut. Irgendwann besteht man sonst nur noch aus Gewohnheiten.

In den Büros gab es immer die Arbeitsbienen und die Schnacker. Die einen engagierten sich, wollten selbst gute Arbeit leisten, setzten sich ein, kümmerten sich, rackerten. Die anderen? Wollten auch gut über die Runden kommen. Mitreden, wichtig sein, aber selbst hart arbeiten?

Das eher weniger. Dann schon lieber mit dem Chef alles Mögliche diskutieren und ausgiebig über den Schiffbau philosophieren. Es gab so etwas wie eine Hackordnung, und die Schnacker waren in dieser Hierarchie ziemlich weit oben angesiedelt. Ja, leider war ehrliche Arbeit nie das primäre Kriterium.

So ganz konnte ich die Hackordnung nie akzeptieren; die Anmaßungen und das Konkurrenzdenken hinderten mich daran, mich mit vielen anderen richtig anzufreunden.

Und nicht nur mich. Letztendlich war das Arbeitsklima, der Zusammenhalt, unter Arbeitern doch besser gewesen. Das kalte Ausspielen von Kollegen sagt eben nicht jedem zu.

Die Hackordnung zeigte sich real, als Mitarbeiter bei einer Entlassungswelle nach einer punktgenauen Beurteilung ihrer unterschiedlichen Fähigkeiten eingeschätzt und zu einem Teil danach entlassen wurden. Da hatte dann jemand wie der Beisshund des Abteilungsleiters auf einmal die höchstmögliche Punktzahl bei Englischkenntnissen, obwohl seine wirklichen Kenntnisse dieser Sprache äußerst rudimentär waren. Die filigrane Punktezuteilung jedes Mitarbeiters wurde uns natürlich nie offiziell mitgeteilt, als langjähriger Mitarbeiter konnte ich sie mir aber nicht ganz legal besorgen. Ein weiteres Manko der Bürotätigkeit war es, die charakterlichen Schwächen der Kollegen und Kolleginnen im Großraumbüro zu ertragen, was nicht immer einfach war.

Urlaub des Abteilungsleiters: Er war in der Toskana auf einem alten Bauernhof, mit einem dazugehörigen Olivenhain und einem hauseigenen Biowein ...

Seine „Stellvertreterin", die es am ersten Tag nach dem Urlaub ihres Chefs von diesem brühwarm und ausführlich erfährt (ich höre dabei angestrengt aber erfolglos weg), erzählt es kurze Zeit später, nachdem ihr Chef unser Büro verlassen hat, am Telefon wörtlich („Olivenbäume, Biowein, alter Bauernhof, ...") und ernst an ihren Bruder, der hier in einem anderen Betriebsteil arbeitet, weiter – mit dem Hinweis „es hat ihm gut gefallen". Na, das wird ihren Bruder ja brennend interessieren, dass der Chef seiner Schwester einen Urlaub verbracht hat, der ihm gut gefallen hat. Gibt eben solche mitfühlenden Familien. Ohrenstöpsel wären vielleicht eine Lösung gewesen.

Bewunderung? Auf jeden Fall Anerkennung. Ein schöner Urlaub in der Toskana. Fährt man deshalb dorthin, um Anerkennung zu sammeln und den Status zu pflegen? Das Gefühl drängte sich auf, wenn der Urlaubsbericht in dieser Hinsicht benutzt wird. Denn würde sie auch den Bericht ihres Kollegen bezüglich seines Urlaubes in Polen so weitergeben? „Die guten polnischen Würste haben ihm geschmeckt, und die verrosteten Geländer an der Strandpromenade von Kolberg fand er sehr kunstvoll."

Eine Putzfrau fragt eine Kollegin beim Ausleeren des Mülleimers, ob sie auch einen daneben liegenden Bastkorb mitnehmen soll. Antwort: Spitz, ohne sie anzuschauen, sagt die Kollegin: „Wenn Sie es denn schaffen..."

Abgrenzung zu vermeintlich in der Skala unter einem selbst befindlichen Menschen. Und natürlich Werbung nach oben, zu höhergestellten Menschen

Früher sagte man „Radfahren": Nach unten treten und nach oben buckeln.

Wobei das Ganze zu einem guten Teil auch noch ganz bewusst eingesetzt wird, um „vorwärts zu kommen."

Ein Kollege putzt während der Arbeit seinen Motorradhelm. Dabei motzt er auf einmal los: „Diese Putzfrau, die macht ihre Arbeit überhaupt nicht! Hier, auf der Fensterbank und auf dem Schrank, alles staubig! Wie oft habe ich es ihr schon gesagt! Dann macht sie es einmal, und dann nicht mehr!"

Und das, während er während der Arbeitszeit ausgiebig seinen Motoradhelm putzt! Ist sicher notwendig, weil er ihn oben auf dem verstaubten Schrank abgelegt hat.

Um ihn zu ärgern, sage ich: „Bei mir putzt sie die Fensterbank immer!"

Das stimmt sogar. Und ich brauch sie noch nicht einmal darum zu bitten oder sie dazu aufzufordern. Ich grüße sie einfach nur immer nett und freundlich, und wenn sie meinen Schreibtisch sauberwischen will, sage ich zu ihr: „Danke, ist schon ok." Und zu Weihnachten schenke ich ihr fünf oder zehn Euro, als Einziger unter den Geizigen. Außerdem ist sie eine sehr nette und liebe Frau, aber das weiß hier keiner.

Solche Geschichten und viele andere passierten leider etwas zu oft. Für mich zu oft. Zum Glück gab es aber noch einige intellektuelle Miesmacher, die das kleine spießige Spiel bemerkten und durchschauten.

Ich hatte auch Spaß bei meiner Arbeit, und durchaus auch Erfolgserlebnisse. Und ich habe mit vielen anderen gut zusammengearbeitet. Ich habe auch ein gutes Arbeitsklima kennengelernt, mit Kolleginnen und Kollegen aus anderen Abteilungen und mit Mitarbeitern anderer Werften, mit denen ich einen kleinen Teil der Zusammenarbeit bei gemeinsamen Projekten organisierte. Und die gute Zusammenarbeit machte einen wesentlich größeren Teil aus als die weniger gute, und deshalb war alles auszuhalten.

Ja, ich konnte es aushalten. Aber jetzt reicht es eben.

Ich will mich im Nachhinein auch nicht beschweren, ich habe mich ja für diese Arbeit entschieden, und ich habe viel mehr Grund, mich zu bedanken, bei so vielen netten Kolleginnen und Kollegen. Ohne diese Netten wäre es nicht auszuhalten gewesen. Die „K-Sisters" aus der Ausrüstungs-Abteilung und die beiden Mädels der Rohrleitungssysteme zum Beispiel. Danke, ihr Lieben.

Trotzdem bin ich froh, dass es vorbei ist. Endlich. Denn Abenteuer gab es nicht im Büro, nur brave Büroarbeit von einem braven Angestellten ohne nennenswerte Aufregungen. Lohnt sich fast nicht, darüber zu schreiben. Ist ja nichts besonders Bemerkenswertes passiert. Niemand hat eine Pistole mitgebracht und seinem Chef in den Kopf geschossen, so dass niemals Gehirnmasse von Bürowänden abgewaschen werden musste; nie konnte ich zu einer Kollegin sagen: „Komm mit, wir gehen in den kleinen Archivraum und ███████ - zensiert - ███████████" Und im Alkoholrausch randaliert hat auch nie jemand.

Also ihr merkt schon: Es waren zwanzig ziemlich langweilige Arbeitsjahre fast ohne Berichtenswertes.

Arbeitsweg und Werft

Heute sieht die Werft sehr modern aus, früher war es schon etwas rustikaler. Mit so einem kleinen gelben Schiff, einer Hafenfähre, fuhr ich oft morgens hinüber und nachmittags wieder zurück. War ein schöner Teil des Arbeitsweges, besonders nach Feierabend, mit der Fähre aus dem Fährkanal heraus über die Norderelbe zu den Landungsbrücken. Allerdings bin ich auch oft und gern durch den alten Elbtunnel gegangen.

█

Ja, ██. Immer wieder. Aber am Anfang war es ein schwieriges, kurioses Thema.

██ war und ist für mich immer etwas Besonderes, fast etwas Heiliges.

Als Kind und als Jugendlicher bin ich nie „aufgeklärt" worden. Unter „Aufklären" verstand man damals, dass man den Kindern erzählte, wie die Sexualität funktionierte, wozu die beteiligten Organe da sind. Als Kind und als Junge wusste ich nichts. Niemand erzählte mir, dass ein Mann seinen ██████ in die ██████ einer Frau stecken kann, und dass man sich dabei einfach nur sehr, sehr gut fühlt. Dass man dann auch noch ███████████████████████████, war mir damals völlig unbekannt.

Weder von meinen Eltern noch in der Schule erfuhr ich etwas über Sexualität.

Zur Vorbereitung einer Klassenreise während meiner Zeit auf der Realschule fragte unser Klassenlehrer mich vor der ganzen Klasse, warum Mädchen und Jungen auf der Klassenreise nicht zusammen in einem Zimmer schlafen dürfen. Ich muss ungefähr dreizehn Jahre alt gewesen sein, und ich wusste die Antwort nicht. Es war mir entsetzlich peinlich, ich ahnte nur, mit einem dumpfen Gefühl, dass da etwas war, konnte es aber nicht verbalisieren. Mir fehlten schlicht die Worte dafür.

Später in der Clique redeten wir pubertären Jungen schon darüber, dass wir die Mädchen ██████ wollten, wie das eigentlich ging, war mir dabei aber nicht klar. Außer Sprüchen lief in Wirklichkeit nichts. Es dauert sehr lange, bis wir die ersten Freundinnen hatten, bei mir war es erst mit neunzehn Jahren soweit. Vorher bestand die Sexualität aus ██████████████████ – zensiert - ██████████ ██████████████ Im Nachhinein denke ich, es war sehr schade, dass für uns damals in der Schule die Sexualität nie ein Thema war, das hätte die Sprachlosigkeit im Elternhaus schon etwas ausgleichen können.

Wahrscheinlich ging es den meisten Jungen meiner Generation ähnlich.

Die richtigen Wörter hörte ich zum ersten Mal in der Berufsschule, als ich schon die Lehre zum Maschinenschlosser begonnen hatte. Unser Lehrer, der recht links eingestellt war, wusste sicher, dass die Sexualität für uns Jugendliche aus Arbeiterfamilien damals ein schwieriges Thema war, und er nahm sich einmal Zeit im Unterricht dafür. Dort hörte ich zum ersten Mal das Wort Vagina und das Wort

Penis.

Wie viele Ängste, Neurosen, Depressionen, Verwirrungen und Verirrungen hätten vermieden werden können, wenn …? Ja, wenn … Heute ist ja sicher alles besser …

Dann mit neunzehn Jahren zum ersten Mal eine Freundin. Und damit zum ersten mal ██.

Bei mir kam aber noch etwas hinzu. Nämlich Liebe und Zuwendung. Es war nicht nur der erste ██, es war auch das erste Mal, dass mich jemand küsste und streichelte. Damals war mir das natürlich nicht klar, in der ganzen Aufregung fühlte ich mich einfach nur viel besser als vorher. Meine Mutter nahm mich als Kind nie in den Arm, und wenn sie es versuchte, lehnte ich es ab. Ich hatte als Kind und Jugendlicher keinen körperlichen Kontakt, zu niemandem, erst viel später ist mir dieser Aspekt meiner menschlichen Tragödie bewusst geworden.

Richtigen körperlichen Kontakt, Zärtlichkeit, Wärme, bekam ich mit neunzehn Jahren zum ersten Mal in meinem Leben. Ganz schön spät, und vorher waren diese Entbehrungen nur mit viel Alkohol und Haschisch und bestimmten Verrücktheiten zu ertragen.

So bekam ich mit neunzehn Jahren zum ersten Mal in meinem Leben: Liebe. Berührung. Ja, Berührung. Es ist wunderbar, nach einem wochenlangen Einsatz ausschließlich unter Männern frisch geduscht und nackt von einer Frau berührt zu werden. Freundliche Berührungen. Es ging bei mir jedenfalls nie nur um ██, es war für mich immer etwas Anderes, Wichtigeres dabei.

Leider dauerte die erste Beziehung nicht sehr lange, und bis zur zweiten dauerte es und dauerte es … Also wieder das übliche Programm: Bier und Cannabis und Nächte mit lauter Musik, blöden Gesprächen und merkwürdigen Geschehnissen. Nächte in Kneipen, Hippiediskotheken, und manchen schrägen Vergnügungen.

Nach einem Kneipenbesuch gingen wir spät nachts in Lübeck noch in eine Nachtbar. So etwas gab es damals noch. Draußen vor der Bar war mit langen Eisenstangen, an denen ein Plastikband flatterte, eine Baustelle abgesperrt. Ich riss eine Eisenstange heraus und nahm sie mit in das Lokal. Als einem meiner Kumpel eine Frikadelle serviert wurde, zog ich die einen Meter lange Eisenstange hervor, spießte die Frikadelle damit von seinem Teller auf und hielt sie ihm vor sein Gesicht. Den richtigen Appetit hatte er dann nicht mehr. Unseren Spaß komplettierten wir noch damit, dass wir beim Abschied einen großen Spiegel im Eingangsbereich mit Hilfe einer Senftube verschönerten. Solche Späße entfalten ihre volle Wirkung natürlich erst nach diversen halben

Litern Bier. Was sollte ich denn sonst am Wochenende tun, ohne Freundin?

Ja, ich weiß, gute Bücher lesen, und gute Gespräche führen. Und mit wem?

Aber es geht ja um ■ in diesem Kapitel, also weiter.

Schlaue Köpfe könnten sagen, warum geht er nicht zum Tanzen und versucht Frauen kennen zu lernen? Das hätten euch Mama und Papa geraten, nicht wahr? Und ihr hättet es gemacht.

Ich ging nie zum Tanzen. Jedenfalls in dem Alter nicht. Ich war zwar oft in Lokalen, in denen getanzt wurde, aber ich tanzte nie in normalen Lokalen, war dort immer Zuschauer. Ich fühlte mich immer ausgeschlossen, nicht nur bei Tanzveranstaltungen. Damals tanzte ich ausschließlich im Grünspan, und dort tanzte man allein.

Ich will meine Ersatzbefriedigungen aber nicht zu sehr abwerten. Schließlich habe ich die schönste Nacht meines Lebens unter dem Einfluss von Drogen im Hamburger Grünspan verbracht. Ja, mit fünf Captagon, die ich mir selbst gekauft hatte, zehn Flaschen Bier und einigen Joints war ich so gut drauf wie nie zuvor. Ich war die ganze Nacht aktiv, "in Action", rannte herum, war auf der Tanzfläche, lief draußen auf der Großen Freiheit herum, immer unterwegs, bis zum Morgen. Als ich morgens um sechs jemand mit meinem Auto zum Hauptbahnhof fuhr, wurde mir auch noch der Führerschein abgenommen. Mit 1,5 Promille.

Ich muss leider sagen, dass ich tatsächlich nicht mehr fahren konnte, schließlich bin ich unter den Augen der Polizei in die falsche Richtung in eine Einbahnstraße hereingefahren.

Ich war trotzdem bester Laune. Ich muss vormittags so um neun Uhr in meinem Bett gelandet sein, schlafen konnte ich durch das Captagon aber den ganzen Tag nicht.

Und noch eine „Ersatzbefriedigung" fällt mir gerade ein. Eine schöne Übung. Ich sitze bei schönem Sommerwetter in einem Liegestuhl, habe eine Flasche Portwein dabei. Ich trinke sehr schnell soviel Portwein, wie ich herunterkriege, ohne dass mir schlecht wird. Dann entspanne ich mich im Liegestuhl, schließe die Augen, und beobachte, wie der Alkohol sich in meinem Körper ausbreitet und in mein Gehirn schießt. Einfach schön, mit geschlossenen Augen die Wirkung des Alkohols zu spüren.

Aber weiter …

Da für mich ■ gleich Liebe und ich total ausgehungert war, kann man sich vorstellen, wie katastrophal die weiteren immer viel zu kurzen Beziehungen verliefen. Für mich ging es in den Beziehungen nur darum, mit der Frau zusammen nackt zu sein, alles andere interessierte mich nicht. Bis für mich in einer Beziehung auch etwas anderes eine Rolle spielte, dauerte es ein paar Jahrzehnte. Sogar das Gefühl, nicht dazu zugehören, hat sich etwas abgeschwächt. Wer weiß, vielleicht werde ich als alter Rentner noch ein normales Mitglied der Gesellschaft? So wie mir ging es natürlich auch vielen anderen meiner Generation damals, viele banden sich an die erste Frau, die sie kennenlernten. Sicher auch, um den ██ nicht zu verlieren.

Politik, Politik

Seit meiner Jugend interessiere ich mich für Politik. Und zwar für linke Politik. Auch wenn es fast immer eine theoretische Sache war. Es war die Zeit des Vietnamkrieges, als ich Lehrling wurde. Dieser Vietnamkrieg war eine schreiende, grausame Ungerechtigkeit, und selbst wir Lehrlinge redeten darüber. Dass die damalige außerparlamentarische Opposition, die sogenannte Studentenbewegung, bis zu uns in die Kleinstadt schwappte, kam noch hinzu.

Wir kamen in unserer Freizeit in Jungsozialisten – oder Lehrlings-Gruppen zusammen und versuchten, mit Hilfe von Broschüren und irgendwelchen Papieren etwas zu lernen, über Zusammenhänge und andere mögliche Gesellschaftsformen. Also lasen wir Marx - und Engels - Hefte. Natürlich nützte uns das im realen Leben herzlich wenig, mir jedenfalls nichts.

Aber es war halt der Zeitgeist, und bei der Juso-Gruppe waren auch noch hübsche Mädels dabei, zu denen ich als Maschinenschlosser-Lehrling sonst nie in Kontakt gekommen wäre. Wobei der Kontakt nie so eng wurde, wie es meinen nächtlichen Phantasien entsprach.

Die treibenden, organisierenden Kräfte waren Studenten; Leute, die noch in unserer Kleinstadt wohnten, aber bereits in Hamburg studierten.

Später im marxistisch-leninistischen Lehrlingskollektiv war ich sogar der einzige Lehrling. Ich weiß leider nicht mehr, was wir uns dort zusammenfaselten, wobei ich sicher wenig bis nichts sagte, aber irgendetwas wurde dort geplant und natürlich nie verwirklicht. Ich glaubte diffus an den Sozialismus und dass im Sozialismus alles besser ist.

Einer war dabei, der sich für Fotografie interessierte und uns seine Hilfe anbot, wenn Fotos irgendwie relevant wären. Dazu kam es aber nie. Was ihn nicht davon abhielt, weiter teilzunehmen und immer wieder sein Hobby ins Spiel zu bringen.

Später wurde er Professor für Fotografie. Man muss eben wissen, was einem wichtig ist.

Während ich durch die Einführung des Sozialismus auf eine Verbesserung der Lage der Arbeiterklasse hoffte oder diffus auf ein besseres Leben, konzentrierte er sich auf sein Hobby, auf das, was ihn interessierte und weiterbrachte, und damit auf seine spätere Karriere. Er war nicht der Einzige, der den Sprung vom linksradikalen Schüler oder Studenten zu einer ansehnlichen Position im öffentlichen Dienst schaffte. Kann man es ihnen vorwerfen? Sie konnten jedenfalls nichts für meine Naivität. Dass ich alles glaubte, was sie von sich gaben, war ja nicht ihre Schuld.

Und ist es heute anders? Nur, dass ich nicht mehr so naiv bin, dem Gerede der Postenjäger zu glauben, das ist heute anders. Aber die Naiven sind ja nachgewachsen. Die Dummen sterben niemals aus, heißt es nicht umsonst im Volksmund. Es sind immer wieder Leute so clever, für sich Vorteile zu ergattern – auch in linken politischen Bewegungen. Beute machen. Und wenn es mit einer politischen Bewegung aufwärts geht, wirkt sie auf Opportunisten natürlich wie ein Magnet.

Es gab damals aber auch einige Studenten, die es ernst meinten, die sich eine Arbeit in Großbetrieben suchten und dort politisch arbeiten wollten. Vermutlich haben die meisten nach kurzer Zeit wieder aufgegeben. Einen lernte ich später auf der Werft noch kennen. Er hatte die Nase voll und schaffte es, eine Umschulung zu einem kaufmännischen Beruf zu ergattern.

Er musste erkennen, dass die Arbeiter, seine Kollegen, keine politischen Veränderungen wollten. Sicher hätten sie gern noch mehr Geld gehabt, sie wussten aber auch ziemlich gut, dass sie mit ihren Löhnen an der Spitze der Arbeiterlöhne standen.

Und ich? Tja, wenn ich die ganze Energie, die ich im Laufe der Jahre in meine politische Aktivität gesteckt habe, für meine berufliche Karriere verwandt hätte, dann wäre ich heute bestimmt …, aber das mindestens.

Aber hätte ich dann auch solche Geschichten geschrieben?

Jedenfalls, die ganze Beschäftigung mit politischen Themen, mit linker Ideologie, hat es für mich Vorteile gebracht? Vorteile persönlicher, materieller oder sonstiger Art?

Und damals, als ich politisiert wurde, was hatten meine neuen Gedanken mit meinem realen Leben zu tun? Gar nichts, denn als kleiner Lehrling musste ich weiter Stahlteile feilen, Löcher bohren und in Fertigungsabteilungen Maschinen montieren.

Es war vielleicht eine Möglichkeit damals, als Mensch in meiner realen Welt zu überleben.

Ein Gedankengebäude zu errichten, das von meinem realen Leben völlig getrennt war, half mir vielleicht, das reale Leben zu ertragen. Es hätte auch Religion sein können, und es war vielleicht von seiner Funktion her für mich so etwas wie Religion. Was nicht unbedingt schlecht ist. Das Positive war, dass ich dadurch andere Menschen kennenlernte, die aus ganz anderen Familien stammten, die studierten. Und auch interessante Literatur und Zeitschriften. Allein schon die nackten jungen

Frauen in der Konkret-Zeitschrift damals …

Das Negative war, dass diese Quasi-Religion sich in meinem Denken zu sehr breitmachte und mich zu sehr beeinflusste. Was aber kein Wunder war, da ich mich als Kind schon gern in eine Phantasiewelt flüchtete, um zu überleben.

Diese „Religion" hatte mit einen Anteil daran, dass ich mich immer außerhalb der Gesellschaft sah.

Denn ich war mit meinen linken Hirngespinsten ja isoliert.

Unter uns Lehrlingen, in der Familie sowieso, in der Kleinstadt und im Dorf selbstverständlich auch.

Ich denke heute, abstrakte politische Ideologie, die sich nicht in praktischer Politik verwirklicht, oder mit praktischer Politik verbindet, ist sinnlos. Zu schnell und leicht kann das Ganze zu einer reinen intellektuellen Selbstbefriedigung werden. Aber wenn man dafür Geld bekommt, sieht es natürlich anders aus.

Politik oder wo Barthel den Most holt

1968 schwappte die sogenannte Studentenbewegung bis in unsere Kleinstadt.

Heiße Diskussionen in der Familie.

Mein Vater warnte mich. Seiner Meinung nach wären auch die protestierenden Studenten die, die später „die guten Posten" hätten. So drückte er sich aus. Er war der Meinung, die Studenten würden ja irgendwann mit ihrem Studium fertig sein und dann zu denen gehören, die über den Arbeitern stehen, also über uns. Und damit hat er tatsächlich recht gehabt, wie ich später feststellen musste. Die 68er-Generation verschwand später in akademischen Karrieren, in der Politik bei den Grünen und der SPD, in gutbezahlten Stellungen beim Staat. Während ich später im blauen Arbeitsanzug auf der Werft ackerte, bastelten die Herren der APO in Behörden und Politik an ihren Karrieren. Ja, es gab auch Ausnahmen, Menschen, die ihren Ideen treublieben. Aber so lange gab es die Ausnahmen dann auch wieder nicht, und zahlreich waren sie sowieso nicht.

Später in der linken Partei musste ich noch ähnliche Erfahrungen machen. Postenjäger und Seilschaften, Jagd auf bezahlte Parlamentsposten, Intrigen, Beute machen. Und nützliche Idioten, die wie ich sich einfach aus Idealismus für eine gute Sache engagieren wollen, waren auch dort gern gesehen. Aber die guten Posten doch bitte für die Richtigen. Nach fünf Jahren trat ich wieder aus. Immerhin, auch wenn es bei mir etwas länger dauerte, ich konnte noch etwas lernen! Oder auch nicht, denn ich trat nach ein paar Monaten wieder ein. Aber diesmal bewusst zu meinem Vorteil: Einmal um mir selbst einen Teil meines sozialen Umfelds zu erhalten, und zweitens um die weitere Entwicklung der linken Partei aus nächster Nähe zu meinem Vergnügen zu beobachten. Die politischen Ziele halte ich schließlich immer noch für richtig und durchaus wert, sich dafür zu engagieren. Aber es sind zu viele Leute dabei, die primär dabei ihren eigenen Vorteil suchen. Durchaus auch den materiellen Vorteil, denn bei Parlamentsabgeordneten fließt schon richtig Geld, aber auch den Vorteil, das persönliche Geltungs- und Machtbedürfnis zu verwirklichen. Es ist leider immer so, dass einige wissen, wo und wie der Barthel den Most für sich selbst holt, andere nur den Glauben an eine gute Sache haben. Das hat auch etwas mit der Gesellschaftsschicht zu tun aus der die Leute kommen. Die selbstbewussten Kinder des Bildungsbürgertums eroberten sich in der linken Partei mit Hilfe ihrer sozialen und bildungsmäßigen Vorteile, mit selbstbewussten Auftreten, Rhetorik und Geltungsbedürfnis die Parlamentssitze und bezahlten Parteifunktionen. Menschen aus der Arbeiterklasse wurden da verdrängt wo es was zu verdienen gab – und damit änderte sich der Charakter und die politischen Svhwerpunkte der Partei.

Arbeitsbienen und Schnacker.

Wie im Büro. Man fragt jemand aus, der sich auf einem bestimmten Gebiet gut auskennt. Dann präsentiert man anderen dieses Wissen als sein eigenes und macht damit Eindruck. Gewusst wie. Man verspricht jemand Unterstützung bei einem bestimmten Problem, und überlegt dabei bereits, wie man aus der Geschichte seinen eigenen Vorteil ziehen kann. Bei allem was man tut, hat man stets den eigenen Vorteil im Auge. Kein Vorteil dabei? Dann macht man nur das absolut Notwendige oder noch besser: Man übergibt die Arbeit an jemand anders. Guter Vorteil dabei: Man fragt mehrere andere Leute aus und präsentiert das Ganze möglichst lässig als Ergebnis eigener Kompetenz, eigenen Wissens und eigener Arbeit. Und dann gibt es ja auch zum Glück immer die naiven Leute, sie sich engagieren, sich mit dem Produkt identifizieren und sich anstrengen, um die Arbeit voranzubringen. Solche Leute sind bestes Material, um die eigene Schnacker-Brieftasche zu füllen. Das habe ich oft genug erlebt.

Ehrlich währt am längsten

Wirklich?

„Ich war immer ehrlich" protestierte mein Vater, als ich zu Hause die Brotpakete auf den Tisch legte, die ich in der Brotfabrik mitgenommen hatte. Ohne sie zu bezahlen. Das war da so üblich.

Ich hatte immer Probleme damit, andere Menschen anzulügen. Selbst Notlügen kamen mir nicht über die Lippen. Ich hätte meinen Eltern ja auch sagen können, dass ich diese Brote bezahlt hätte. Aber darauf kam ich gar nicht.

Auch im Beruf wäre es mir nie eingefallen, über meine Arbeit zu lügen.

Da ich im Maschinenbau groß geworden war, ging es immer um messbare Größen. Es ließ sich alles nachmessen. Anderen etwas vorzulügen, war jedenfalls teilweise sinnlos.

Aber es ist auch ein Charakterzug. Es muss die preußische Prägung sein, der Anspruch, anständig und ehrlich zu sein. Nie wäre es mir in den Sinn zu kommen, etwas anderes als den tatsächlichen Zustand einer Arbeit darzustellen. Ich hätte und habe aber auch anderen, die nichts von meiner Arbeit verstehen, nie etwas vorgesponnen.

Wenn mich ein Kollege etwas fragte, gab ich immer meinen Wissensstand weiter. Privat natürlich genauso. Vielleicht ist auch Angst dabei.

Und ich dachte natürlich, dass alle anderen auch so denken. Ich kann es bis heute nicht verstehen, wenn mir andere etwas vorspinnen.

Aufgewacht bin ich durch Mauscheleien von Vorgesetzten im Betrieb. Ein alter Messestand aus Blechwänden, der nicht mehr gebraucht wurde, wurde von unserem Meister übernommen. „Kann ich noch gebrauchen", hieß es.

Die guten nichtrostenden Bleche mussten wir während unserer Arbeitszeit ausbauen und in einen Schrottcontainer legen. Merkwürdig war, dass wir das oberste Blech noch mit anderem normalen Schrott abdecken mussten. Der externe Schrotthändler, der danach wie auf Bestellung auftauchte, drückte unserem Meister ein paar Scheine in die Hand, zog den Container auf seinen LKW und fuhr mit dem schönen angeblichen Blech-Schrott davon. Als ich zu dem ganzen Vorgang eine Bemerkung machte, zog unser Meister einen Geldschein hervor und drückte ihn mir mit der Bemerkung „Kauft euch ein Bier" in die Hand.

Dieser Meister war danach für mich gestorben. Ich konnte es damals nicht verstehen, dass so ein gutverdienender Angestellter mal eben so seinen Arbeitgeber betrog. Und hinzu kam noch, dass er in seiner Freizeit in seinem Stadtteil in der SPD aktiv war.

Schlimmer trieb es noch jemand anders, ein Abteilungs-Leiter im Büro. Er ließ sich am Wochenende das Obergeschoss seines Hauses von den Betriebtischlern ausbauen. Natürlich zahlte er ihnen keinen Pfennig dafür. Oder höchstensmal zehn Mark und „Kauft euch ein Bier". Die Tischler machten ja offiziell Überstunden im Betrieb, die dieser natürlich auch so bezahlte! Nicht zu fassen. Das die Firma von sehr gut bezahlten Angestellten noch zusätzlich ausgenutzt wurde, war für mich bis dahin unvorstellbar.

Und es gab auch unehrliche Kollegen, die versuchten, anderen etwas vorzumachen. Meistens Leute, die nur eine einfache Ausbildung hatten, irgendeinen „Posten" ergattert hatten und Angst um ihre Position hatten. Sie versuchten, anderen gegenüber ihre Arbeit zu verschleiern oder kompliziert und schwierig darzustellen, um sich so zu schützen. Aber das ist ja kein Betrug, nur Angst.

Da erzählt mir doch ein Kollege lang und breit, wie schwer er es hatte, als er eine neue Aufgabe bekam. Angeblich herrschte ein riesiges Durcheinander, und er, dessen Arbeit nur aus dieser einen Aufgabe bestand, arbeitete sich mühsam ein, mit vielen Überstunden brachte er „die Sache zum Laufen" und schaffte es dann tatsächlich mit großem Engagement und großer Anstrengung, diese Arbeit ein oder zwei Jahre lang zu bewältigen. Dann wechselte er auf eine andere Stelle, und seine ach so schwierige Arbeit wurde seitdem von einem anderen Kollegen übernommen. Nur: Dieser Kollege machte es „mal eben so mit", er hatte noch ganz andere Aufgaben! Da fragt man sich im Nachhinein, warum stellt sich jemand so dar? Und dann noch einem unbeteiligten Kollegen gegenüber? Mit der anderen Stelle hatte er übrigens Pech, denn dort arbeitete er nicht allein, sondern mit anderen zusammen, die die gleiche Arbeit machten. Damit war seine Leistung auf einmal vergleichbar! Und so blieb er bei diesem Job zufällig auch nur sehr kurz..

Ob „Ehrlich währt am längsten" heute wirklich noch stimmt? Oder ist dieses Sprichwort nur noch eine Erinnerung an das alte Preußen? Jedenfalls sollte einem klar sein, dass es sehr viele unehrliche Leute gibt, die andere Menschen ohne weiteres anlügen, wenn es für sie Vorteile verspricht. Und man selbst sollte zumindest so ehrlich sein, dass man nicht von Behörden und Arbeitgebern sanktioniert wird oder anderweitig in Gefahr gerät.

Klassentreffen

Ich habe nur ein einziges Mal an einem Klassentreffen teilgenommen, als ich schon über Mitte-Fünfzig war. Eben ganz schön alt schon. Mich hat diese Form der gesellschaftlichen Aktivität nie interessiert, auf Einladungen habe ich nie geantwortet. Denn Klassentreffen hatten für mich immer etwas Rückwärtsgewandtes. Blick zurück sozusagen. Während ich doch viel lieber in meine strahlende Zukunft blickte und immer noch blicke.

Aber dann wurde ich noch einmal von einer ehemaligen Mitschülerin aufgestöbert, die ich früher gernhatte, mit der mich etwas verband, und so rief ich sie an.

Natürlich war ich auch neugierig. Und es war dann auch wirklich spannend, die ehemaligen Mitschüler nach vierzig Jahren wieder zu sehen. Also auf in die kleine Stadt, in das Traditionslokal des Karpfenessens.

Die meisten erkannte ich nicht. Sie hatten sich zu sehr verändert, und das nicht unbedingt zu ihrem Vorteil. Mein Gott, soviel Resignation, Traurigkeit, Zerfall und Ersatzbefriedigungen habe ich selten erlebt. Und die Frauen. Wie schade. So viel unerfüllte Bedürfnisse, soviel Traurigkeit. Diese armen Frauen. Bis auf eine, meine Königin. Ja, es ist oder es war für Frauen meiner Generation sehr schwer, sich weiter zu entwickeln. Die meisten blieben in einfachen Berufen hängen, führten normale Ehen ohne Leidenschaft. Hangin' on in quiet desperation. Verzweifelt, aber ruhig. Und die Männer waren auch nicht viel besser dran.

Einige Angeber gaben immer noch an. Irgendwie hatten sie alle ihre Bahnen nie richtig verlassen, hatten nicht diese Brüche in ihrem Leben wie ich. Vielleicht kam es mir auch nur so vor. Jedenfalls lebten fast alle noch in der Kleinstadt, in der wir vor vierzig Jahren zusammen zur Schule gegangen waren. Und was hatten sie schon Interessantes zu erzählen?

Wo sie ihr Einfamilienhaus gebaut hatten, was ihre Kinder so machten, welche Krankheiten sie hatten. Ja, diesen normalen Schmarrn eben.

Da lobe ich mir doch die alten Säufer aus dem Anker. Die haben was zu erzählen, zum Beispiel wie sie früher als Rocker die Hippies verprügelten. Jedenfalls, wenn die ihr Hasch nicht freiwillig rausrückten. Oder wie sie ihren Wochenlohn an einem einzigen Abend ███ ███.

Aber was hat man denn schon zu erzählen, wenn man als Bauer den Hof seiner Eltern übernommen hat und jetzt Schweine mästet? Und was soll man als Angestellter des städtischen Klärwerks erzählen? Oder soll man als Hobby-Gymnastiklehrerin erzählen, dass man nach dreißig Jahren Gymnastikunterricht in einer Kleinstadt die Teilnehmer am Geruch erkennt?

Es ist wirklich erschreckend, was ein normales Leben mit den Menschen macht. Keine Abenteuer, keine Leidenschaft, normale Arbeit, normaler Urlaub, und das alles in einer normalen Kleinstadt, in der man sich nur zu gut gegenseitig kennt.

Natürlich habe ich leicht reden, mit den Abenteuern, die ich erlebt habe, und die ich jetzt immer noch erlebe, zum Beispiel in meinem Schrebergarten. Wenn mein Kleingarten-Vorsitzender mir erzählt, ich müsste meine illegale Spültoilette endlich abbauen, und ich ihm zusage, das demnächst zu tun, aber wir beide natürlich wissen, dass ich diesen Komfort behalten werde. Na gut, das ist nicht gerade der Aufreger, aber wenn ich mit meinem Kirschbaum kämpfe und ihm ganz oben einen Ast absägen will und ich merke, dass er mich abschütteln will, das ist schon aufregend. Jedenfalls gehe ich davon aus, dass von meinen ehemaligen Mitschülern keiner mehr auf Bäume klettert und Äste absägt. Und Fahrradtouren bis zur absoluten Grenze der Erschöpfung macht von denen auch keiner mehr. Aber ich eben. Das Leben kann auch eingeschränkt werden, mit Schlaganfällen und Herzinfarkten, das habe ich auf dem Klassentreffen auch gesehen. So hat eben jeder sein Päckchen zu tragen, und fast alle haben sich ihr Päckchen selbst ausgesucht. Aber immer in der gleichen Kleinstadt wohnen, von der Geburt bis zum …?

Der Gipfel dieses Treffens war aber für mich etwas anderes. Mein alter Klassenlehrer war auch dabei, schon über achtzig, im Kopf aber noch klar. Wir begrüßten uns, und er fragte mich: „Na, bist du jetzt Professor?" Das haute mich um, denn damit teilte er mir etwas darüber mit, wie er früher mein Potential einschätzte. Er erinnerte sich wohl daran, welcher seiner Schüler das Mathe-Ass war. Ich konnte ihm nicht sagen, dass ich aus meinem Potential so wenig gemacht hatte. Ich wollte auch nicht wieder darüber nachdenken, was alles möglich gewesen wäre, denn die daraus folgenden Depressionen zu überspielen, war schon zu oft meine wirklich harte Arbeit gewesen.

Irgendwann an diesem Abend war ich müde von allen Gesprächen, von allem Zuhören und allen Eindrücken, ich verabschiedete mich und fuhr mit meinem kleinen Fiat erschöpft zurück nach Hamburg. Aber nicht gleich nach Hause. Ich fuhr noch zum Hafen, ging noch kurz in den Anker, meine Stammkneipe, trank langsam ein Bier, unterhielt mich mit niemand, ich saß an der Theke und starrte nur vor mich hin. Geplättet.

Danach ging ich die Davidstraße runter zur Elbe, ohne mich von den halbtoten jungen Prostituierten mit den Steingesichtern ablenken zu lassen, schlenderte noch ein bisschen Richtung Fischmarkt an der Elbe entlang. Drüben auf der Werft war nur wenig von nächtlicher Arbeit zu sehen und zu hören. Nachts im Hafen zu arbeiten hatte für mich immer etwas Besonderes. Schade, dass ich jetzt keine Gelegenheit mehr dazu hatte. Wäre schön, mal wieder nachts im blauen Arbeitsanzug auf der Werft herumzulaufen und irgendetwas zu reparieren. Und dann frühmorgens ein Feierabendbier trinken und dabei die Hafenlichter genießen. Schade …

Diese Zeit war vorbei. Jetzt war eben etwas anders dran.

Ach ja, und das Klassentreffen. Sie, wir, haben so wenig erreicht. Finde ich.

Aber vielleicht sehe ich das auch falsch. Vielleicht bin ich auch nur neidisch auf all die glücklichen braven Bürger?

Heinz

war Klempner, und sein Hobby die Renovierung von Badezimmern. Sagte er – aber war das wirklich sein Hobby?
Ich lernte Heinz in einer Kneipe am U-Bahnhof Dehnhaide kennen. Wenn man des Öfteren in die gleiche Kneipe geht, kommt man eben mit den Stammgästen ins Gespräch. Und Heinz war zufällig zur gleichen Zeit dort Stammgast wie ich, weil er ausnahmsweise gerade frauenlos war. Ausnahmsweise natürlich, wie er mir mehrmals versicherte. Ich kehrte dort meistens ein, wenn ich spät abends von irgendwelchen Veranstaltungen oder Treffen nach Hause kam. Es war eine Entspannung für mich, dort noch schnell ein oder zwei Bier zu trinken. Der Wirt war auch sehr nett, sorgte für eine gute Atmosphäre. Die Gäste waren unterschiedlich. Ein paar sehr junge Leute, ein paar Schluckspechte, und eben Leute wie ich, die allein wohnten und auf dem Weg in die Wohnung noch schnell ein Bier tranken. Wenn ich spät kam, war Heinz meist schon etwas angetütert.
Heinz und die Frauen. Ja, ich hatte den Eindruck, dass eigentlich die Frauen sein Hobby waren. Und zwar die Barmbeker Frauen, von denen er die zu ihm passenden kontinuierlich an Land zog. Ich fragte mich zunächst oft, wie er es schaffte, immer wieder tolle Frauen kennenzulernen. Denn nach seinen Berichten waren sie alle super. Super Aussehen und super im Bett. Und es war immer so bei ihm, wenn mit einer die Sache beendet war, hatte er schon wieder eine neue im Visier. Erzählte er jedenfalls. Ich bin heute noch neidisch auf die vielen erotischen Abenteuer meines Kneipengesprächspartners. Während ich einsam und allein in meine Bude dackelte, erlebte er die Wonnen Casanovas, jedenfalls normalerweise, also eigentlich immer, nur im Moment nicht. Erzählte er und ich glaubte ihm natürlich. Ich glaube ja immer alles, was mir erzählt wird.
Manchmal schien er auch für kurze Zeit doppelgleisig zu fahren. Und dann fand er auch noch immer die guten selbstständigen und selbstbewussten Frauen, die auch sexuell sehr selbstbewusst waren und ihn entsprechend gut versorgten. Zumindest für die Dauer der Beziehung beziehungsweise für die Dauer der Renovierung der sanitären Badeinrichtungen. Denn das war sein zweites Hobby. Oder doch das Erste? Und das alles in seinem Stadtteil, in Barmbek, in dem er aufgewachsen war und den er nie verlassen hatte. In dem er nach eigener Auffassung einen großen persönlichen Anteil an der Altbausanierung hatte. Wenn er Geschichten erzählte über schwierige Probleme

beim Austausch alter festgefressener Absperrhähne oder unbeabsichtigter Mauerdurchbrüche beim Herausmeißeln alter Rohre, kam er richtig in Fahrt. Der Gipfel waren Andeutungen über erfolgte Unterstützungen von Seiten seiner Damen bei der Arbeit im häuslichen Badezimmer.

Originalton Heinz: „Ich schufte abends noch im Bad, da kommt sie herein und sucht in meiner Hosentasche nach einem Schlüssel, und sie sucht und sucht und dann findet sie auch etwas...". Bei seinen Erzählungen konnte man schon neidisch werden. Und eigentlich gab es keinen Grund an seinen Heldentaten an der Sanitär- und Frauenfront zu zweifeln.

Er selber hatte nur eine sehr kleine Einzimmerwohnung direkt an der Dehnhaide, die er auch nicht aufgab, wenn er mal wieder bei einer Flamme eingezogen war.

Ja, er zog mit seinen persönlichen Sachen, in einem Umfang wie eben Platz vorhanden war, immer bei den Damen ein. Und wenn er bei ihr wohnte, fing er in seiner Freizeit an, das Badezimmer zu renovieren, das heißt, die Wände mit neuen Kacheln zu bekleben und Waschbecken und Dusche und Armaturen zu erneuern. Ich fragte ihn einmal: "Sag mal, was machst du denn, wenn sie in einer bereits frisch sanierten Wohnung lebt?" „Tja, dann gibt es ein Problem. Was soll ich dann in meiner Freizeit in ihrer Wohnung machen? Deshalb schaue ich mir, bevor ich bei ihr einziehe, erst einmal das Badezimmer an." Ich fasste es nicht. Heinz der Klempner lehnt es vielleicht bei einer Superflamme ab, bei ihr zu wohnen, weil ihr Bad schon renoviert ist! Vielleicht von einem Konkurrenten! Wie viele Heinz' mag es in Barmbek geben? Oder im Laufe der Jahrzehnte gegeben haben? Wie schade, dass ich kein Klempner war. Dieses Problem bekam er natürlich jedesmal nach Beendigung seiner Arbeiten. Wobei er sich bei seiner Arbeit schon immer sehr viel Zeit ließ und oft genug nur ins Badezimmer ging, um stundenlang seine Arbeit zu betrachten und die nächsten Schritte zu überlegen. Aber irgendwann war es doch fertig, und seiner Meinung nach wurde es dann Zeit, sich mal wieder etwas mehr in seiner eigenen Wohnung aufzuhalten. Meistens unter dem Vorwand, noch andere private Aufträge abzuarbeiten, was seinen Damen natürlich nicht immer so recht gefiel. Denn Heinz hatte die Angewohnheit, private Aufträge nur von alleinstehenden Frauen anzunehmen. Das war seine Methode, die ihm immer neue Liebschaften zuspielte. Und die Damen schienen ihm allerdings nicht immer zu vertrauen, wenn er nach getaner Arbeit in ihrem Zuhause noch anderweitig in der Welt der Wasserrohre und Keramikbecken unterwegs war. Seine Welt bestand damals anscheinend ausschließlich aus Klempnerarbeiten und Frauen in Barmbek. Ein Held der Altbausanierung. Und ein Held der Barmbeker Frauenwelt. Ich wurde richtig neidisch, wenn er mir seine Heldentaten an den beiden Fronten berichtete. „Du glaubst es nicht. Ich sollte nur ihren Waschbeckenabfluss untersuchen, weil es da irgendwo tropfte, und sie bietet mir ein Schinkenbrot und ein Bier an. Nur für einmal anschauen, stell es dir vor."

Ja, Heinz, ich stelle mir vor, wie ich das Bier saufe und die Frau ██ ██. „Und dann gab's noch ein zweites Bier und ich blieb die ganze Nacht bei ihr." Als ich ihn einmal fragte, ob er den Waschmaschinenanschluss in meiner Wohnung von der Küche ins Bad verlegen könnte, wimmelte er mich ab. „Das musst du verstehen, ich habe genug Arbeit nebenbei, und solche Arbeiten lohnen sich für mich nicht." Schon klar Heinz, alter Klempner, lohnt sich nicht.

Er war eben nicht nur ein echtes Barmbeker Original, sondern auch noch sehr geschäftstüchtig. In seinem speziellen Geschäft. So lebte er jahrelang, neue Frauen, neue Badezimmer, Abwechslung und Abenteuer ohne Ende. Nach seinen Erzählungen ging das schon sehr lange so, und er hatte nicht die Absicht, an seinem Lebensstil etwas zu ändern.

Irgendwann tauchte er in der Kneipe nicht mehr auf. Ich erklärte mir das mit seinen üblichen Aktivitäten. Da ich die Kneipe bald auch nicht mehr ansteuerte, aus anderen Gründen als Heinz, verloren wir uns aus den Augen. Jahre später sah ich ihn einmal auf der Fuhlsbüttler beim Einkaufen. Zusammen mit einer Frau. Als ich ihn ansprach, erkannte er mich nicht. „Mensch, damals in der Kneipe am Bahnhof Dehnhaide…"."Ja, das ist lange her. Ich wohn' da auch nicht mehr. Bin jetzt verheiratet, ist alles ruhiger geworden." Er war ziemlich kurz angebunden und zog zügig im Schlepptau seiner Frau von dannen. Kaum zu glauben, Heinz, inzwischen grauhaarig und nicht mehr so drahtig wie früher, der Held der Badezimmer und alleinstehenden Frauen Barmbeks, lebte jetzt monogam. Eine hatte es geschafft. Oder war er müde geworden? Jedenfalls – das Badezimmer möchte ich sehen. Entweder mit allen Schikanen, also die Badewanne mit Jacuzzi-Düsen und hypermoderne Kacheln, oder alles im alten unrenovierten Zustand. Wieder ein sympathischer Held, der alt geworden war. Abgekämpft an der Frauen- und Sanitärfront. Und zwischendurch auch noch an der Kneipenfront. Er hat nicht nur seinen Teil zur Altbausanierung in Barmbek und zum emotionalen Ausgleich der Barmbeker Damenwelt beigetragen, sondern auch noch zur Unterhaltung diverser Kneipenkumpane. Eigentlich könnte man Leuten wie

Heinz einmal ein Denkmal setzen:
Ein Klempner im Arbeitsanzug mit einer Rohrzange in einer Hand, der halbgebückt eine Verschraubung löst. In der anderen Hand hält er eine Flasche Bier. Und hinter ihm steht eine schöne Frau, die ihm mit einer Hand in die Hosentasche fasst.
Aber vielleicht ist diese Geschichte auch ein kleines Denkmal.

Nachts, am Schreibtisch, kommen die …

Endlich Ruhe. Alles schläft. Kein Geräusch ist zu hören. Und ich sitze hier, an meinem Schreibtisch, ein Glas Bier neben mir, und schreibe. Das waren und sind die wichtigen Momente für mich. Schon seit langer Zeit. Zur Ruhe kommen, Notizen machen. Ich schreibe auf, was ich erlebt habe, jedenfalls einiges davon. Und einen Teil meiner Gedanken.

Wie gern würde ich die Magie beschreiben, die ich erlebt habe, wenn ich allein in der Natur war oder jetzt auch noch hin und wieder bin. Aber kann das überhaupt jemand nachvollziehen? Hatt denn heute noch jemand eine Antenne für die Magie von Quellen, von bestimmten Stellen in Wäldern? Vielleicht. Warum sonst gehen oder fahren viele Menschen bei schönem Wetter im Frühling hinaus in die Natur? Weil sie dort den alten Göttern nah sind. Denn die alten Götter sind die Natur. Vielleicht wird es Zeit, sich wieder mit den grünen Blättern und den schönen Blüten anzufreunden. Und die grünen Blätter und die schönen Blüten sind die alte Göttin. Nicht schlecht, was? Aber welcher brave Bürger würde es heute wagen, sich so zu äußern? Das machen doch nur – „Verrückte"?

Ich komme in mein ehemaliges Büro, besuche meine ehemaligen Kollegen. Bei sehr schönem Wetter bin ich mal wieder zum Hafen gefahren. Wie früher so oft und gern mit dem Fahrrad.

Ich frage kurz, wie es mit der Arbeit geht, und stelle fest – die Arbeit ist noch die gleiche wie vor einem Jahr. Es hat sich nichts verändert. Die Armen sitzen bei schönstem Sommerwetter im Büro vor ihren Bildschirmen und machen das Gleiche wie vor einem Jahr. So wie ich früher. Brotjobs. Ohne emotionale Bindung, ohne Leidenschaft. Man macht das, was notwendig ist. Viel Routine, viel Langeweile. So plätschert ein Tag dahin, eine Woche, ein Monat, ein Jahr. Ein Leben. Man freut sich auf den Urlaub, jedes Jahr. Ich bin froh, dass ich diese Arbeit nicht mehr machen muss. Ich bin davon befreit, kann jetzt machen, was ich will. Ich weiß zwar nicht, was das ist, aber ich habe die Möglichkeit dazu.

Doch etwas weiß ich schon: Ich will Fahrradreisen machen. Und damit habe ich schon angefangen. Ich habe schon einige Heldentaten verbracht, zum Beispiel eine fünftägige Reise durch Holland. Mit Tagestouren von einhundert Kilometern. Das war der bisherige Höhepunkt. Und es kommt noch mehr. Die große Tour …

Vormittags um 11 Uhr

Bei schönem Wetter ein Bier im Anker – das nenne ich ein gutes Frühstück.

Unterwegs – mit dem Fahrrad

Jetzt habe ich endlich die Zeit und die Möglichkeit, das zu tun, wovon ich als junger Mensch geträumt habe – mit dem Fahrrad reisen. Mit meinem kleinen Zelt, Luftmatratze und Schlafsack unterwegs.

Mein Hotel:

In Amsterdam auf dem zentralen Platz, dem Dam

In Berlin angekommen

Und diverse andere tage- und wochenlange Touren.

Ja, wenn ihr irgendwo einen Fahrradfahrer seht, mit einem schwarzen, gut bepackten Fahrrad, mit einer blauen Windjacke und grauen kurzen Haaren – der könnte ich dann sein.

Jetzt kommt noch die große, einmalige Tour …

Und dieses Buch verbrenne ich in einem Ritual in meinem Kleingarten. Weg mit der Vergangenheit – ich schaue jetzt nur noch nach vorn. Am Feuer Geschichten erzählen, das kann ich immer noch.

Jetzt gehts' auf zu neuen Abenteuern.

Tschüss, Leute